亦

舒

作

品

小人儿

亦舒

作品

45

湖南文艺出版社

小人儿

目录

壹　　_1

贰　　_47

叁　　_119

肆　　_199

小人儿

壹·

你是一个刚强的女子，
理智控制你的肉身。

邓志高与甄子壮自七岁起就认识，她俩读同一所小、中、大学，感情非常好。

三年级，子壮验眼，患了近视，配眼镜之后被顽劣的男同学取笑为四眼，小憩时她红着脸躲在课室不敢出来，志高走到那男同学面前："四眼？"伸手咚一声就一拳，那男同学从此不敢走近她俩。

一直到现在，子壮还记得那义气的一拳，成年后她知道，要一个朋友在危急的时候站出来讲一句公道话，真不是容易的事。

平日天天同你说笑吃喝的人，有一点点风吹草动，躲得影子也无，还有，人前人后添油加醋："他呀，我早猜到会有这样一天。"落井下石，大有人在。

毕业之后，同样读设计的她俩合作投资开了一家公司，发展专长，她们设计的范围非常特别，专做儿童用品，像婴儿床、摇椅、浴盆、背带……

生意非常好，公司成立三年，她们已经赚得退休金，之后进程更加顺利，每一件作品都得奖，外国婴儿用品公司闻风而至，公司扩张，现在雇了近三十人。

子壮已婚，三年生两个儿子，现在又怀孕，肚子像箩般大，仍然在公司跑上跑下。

她丈夫朱友坚自大学出来就在政府做事，极少超时工作，正方便指挥保姆育婴。

同子壮相反，志高与男友王乙新并没有结婚的打算，满意现状。

还有，志高不大喜欢小孩，她对他们冷淡，一直觉得幼儿贪婪、自私、任性，所有人类的劣根性显露无遗，又不懂掩饰，十分讨厌。

"孩子不知道虚伪。"了壮替他们辩护。

"他们知道可以放肆，何用克制，你太宠他们，慈母多败儿。"

子壮只是赔笑。

"下星期是我生日，请贤伉俪吃饭，千万别带孩子来。"

子壮啼笑皆非。

设计公司叫小人儿，志高却不喜欢小孩子。

这一天是星期六，志高一早到公司，同秘书凯菲说："美国乐高厂有一款手挽婴儿篮回收，设法出去买一个回来，与同事们一起研究有什么不妥。"

秘书立刻出去办事。

志高即时叫人把回收新闻详情印出来发放，并且把公司设计的最新三用摇篮蓝图再加研究。

这时，子壮也来了。

一边吃三明治一边说："乐高……"

"已经在研究了。"

志高把文件放在子壮桌上。

子壮斟一大杯咖啡，刚准备喝，志高替她换了一杯热牛奶。

"太太，咖啡因对胚胎无益。"

子壮赔笑："我还以为你不喜欢孩子。"

"不喜欢也不表示可毒杀他们。"

问题婴儿篮已经买回来，志高一看，便说："请设计组叶志雄与姚杏如过来一下。"

志高说："子壮，你来看，这是否人头猪脑设计的产品，这个环节一扣不住，篮子倾斜，幼婴就是滚地葫芦。"

子壮仔细研究："它是两用，可以扣在汽车后座当安全座椅，所以装置扣环把挽手除掉。"

"嗯。"

设计组两位同事赶到，子壮立刻与他们讨论细节。

"这是乐高三年内第二次回收产品，接二连三的意外叫人担心。"

"他们赔得起。"

"导致孩童受伤，总也会内疚。"

"换了是我，会终生睡不着觉。"

志高说："我们的设计没这个问题——"

忽然听见子壮哎哟一声。

志高转过头去，只见伙伴五官扭曲。

"你怎么了？"

"我——"子壮双手捧着肚子，说不出话。

"又来了。"志高跑出去叫人，"快，通知朱友坚，还有，召妇产科李医生，司机阿兴呢？送甄小姐进医院！"

第二胎也是这样，正开着会，小小人儿忽然间就决定降世，临急只得叫救护车。

这次一早讲好，做足应变工作，才不致临阵大乱。

志高把子壮扶到一边躺下。

"今早你不该上班。"她抱怨。

"我看到乐高新闻……"

志高转过头去："杏如，给我拿两条大毛巾来，志雄，你出去看看司机来了没有。"

不到一会儿，朱友坚及李医生都赶到了。

医生才看一下："立刻入院。"

志高说："子壮，我陪你去。"

秘书却进来说："新加坡长途电话，兴发厂找邓小姐。"

志高只得温柔地对好友说："你去生孩子，我去做生意，下午见。"

子壮点点头，由丈夫及医生保护着去医院了。

志高拿起电话与对方解释："是，周先生，邓志高在这里……我有看到新闻，正在开会呢……我们的设计绝无问题，我把关键解释给你听……你叫戚小姐收电传，设计图马上送过去你处……"

一直到中午，才处理完这件突发事件。

王乙新找她吃饭。

"乙新，一起去探访子壮。"

"生了没有，是男是女？"

"还没有人通知我，怪担心，只说是五三一号病房。"

乙新与她一起去到医院，找到病房，敲门，没人应，推开门，床上空荡荡。

志高一惊，大声叫："子壮！子壮！"声音颤抖。

乙新说："志高，别叫。"

志高顿足："你不知道生育这件事多凶险。"

忽然子壮在病房门外出现："叫我？"

她手中抱着幼婴，满面笑容。

志高呆呆地看着她："真是神奇女侠，已经生了？没事人似的，居然像猪牛羊那样立刻站得起来。"

这时看护进来干涉："两位是谁，请出去，感染了婴儿，可不是玩笑。"

子壮把幼婴交还看护。

志高这才放下心中大石。

大家坐下来，"朱友坚呢？"乙新问。

子壮笑："忽然想吃芝麻汤团，叫他去买。"

志高握着好友双手："看你，似母猪一样。"鼻子发酸。

乙新劝："志高，几次三番把子壮比作畜生，她会不高兴。"

子壮好脾气："不怕不怕。"

"朱家真好福气，娶得一头会赚钱的牛。"

乙新只得问："这次是否得了女孩？"

子壮答："是，我在想，两男两女最好不过。"

呵，还要生，志高觉得头晕。

看护又进来："探访时间已过，傍晚再来。"

志高这才与乙新去吃饭。

乙新说："子壮真伟大。"

"感动得叫我吃不下饭。"

"后天大概可以来上班了。"

志高叹口气："把我比得渺小兼自私。"

"你也可以生养。"

"叫一个小小的灵魂托世为人，历劫红尘，来去匆匆，何苦呢。"

"我觉得朱家大小都很快乐。"

"王乙新，我们一早说好不要孩子。"

"还没结婚，如何生子。"王乙新笑，"我才不担心，男人又没有更年期，六十岁生孩子大有人在。"

志高不说话。

乙新还以为她生气，一看，发觉她在记事簿上画素描。

"想到什么？"

"三个孩子一起坐的婴儿车，最好轻便可以折拢，像伞那样，可是，三个座位的确难搞。"

乙新说："市面已有这种婴儿车。"

"丑，通常深色防脏，孩子们又看不到街景，因此啼哭。"

乙新微笑："你都想到了。"

"回去同阿卜商量一下。"

卜先生是她们公司的机械工程师，少了这位专家，设计图未必能够投产。

"多久没有度假了？志高，我陪你。"

志高不出声，想到去年春季在伦敦乘隧道火车经英法海峡，一路上只怕隧道破裂海水涌入逃生无门，忽然害怕得汗如浆出。

回来看心理医生，才知有点神经衰弱，需要好好休息。

医生说："休假不一定要出门到处乱走，为旅游而旅游，赶得头昏脑涨，留在家中，多睡多吃，才是休假呢。"

只听得乙新问："仍然怕飞机会摔下来？"

"是，每次登上飞机都怕得发抖。"

"那么，我们去坐船。"

志高按住他的手："谢谢你。"

志高的手提电话响，秘书说："邓小姐，法国有一家叫谢丹的玩具公司找你。"

"我们一向不做玩具。"

"是，他们也知道，但是诚意邀请你，怎样回复？"

"我回来看看，这事需知会子壮。"

乙新失望："又要加班？"

志高伸手去拧他的面颊："乙新，如果没有你，努力成果也不能叫我兴奋。"

他握住她的手："就是这种甜言蜜语害了我半生。"

"令堂仍然催你结婚？"

"是，说到表弟又添了婴儿时激动得流泪。"

"真是个好母亲。"

"志高，幼儿确实可爱。"

"这正是他们最可恶的地方，借此把父母整治得哭笑不得。"

"我去打球，随时联络。"

志高回去处理文件，刚巧有同事会法文，立即草拟了一封婉拒信。

志高去医院找子壮。

子壮睡着了，一只手遮着双眼。

志高把带来的水果洗净，忽然听见孩子叫妈妈。

她连忙出去嘘一声，把朱家三父子拉到会客室："让她睡一会儿。"

朱友坚点点头。

可是小朋友争着问："妹妹呢，妹妹在哪里？"

"老朱，你带孩子们去看婴儿。"

回到床边，发觉子壮已在看她带去的文件。

"醒了？"

子壮笑答："不是说魔鬼永远不休吗？母亲永远不眠才真。"

"高傲的法国人邀请我俩去参观玩具厂。"

"谢丹,在法语中,是花园的意思。"

"他们做的一款玛达南洋娃娃非常有趣。"

志高说:"我最感兴趣的是法国佩湟漫画洋娃娃,家母本来有一套,可惜离婚时忙乱没有带出来,不幸已经遗失。"

"听说现在已经重新复制,我陪你去找。"

"子壮,我婉拒了法国人。"

"我们人手不够,也无意发展玩具设计,公司规模做得太大,出品未免会转滥,生意贵精不贵多。"

"子壮,你我想法完全一样,真是好拍档。"

"不过,维平维扬对参观玩具厂一定有兴趣。"

志高想起来:"女儿叫什么名字?"

"阿朱说叫维樱。"

"哇,美丽至极。"

子壮笑问:"你通过?"

"子壮,你太宠我了,这又不是公司产品,无须征求我的意见。"

这时朱家三父子一拥而入,两个小兄弟伏在母亲腿上,他们的父亲笑得合不拢嘴。

志高冷笑说："坐享其成。"

她告辞。

回到家，淋了浴，仍然在电脑上画三婴手推车。

她想把它送给多产模范母亲做礼物。

上次，小人儿公司的得奖产品是一款脚踏水龙头控制器，接到冷热水管上，用脚控制水量，给婴儿洗澡时母亲的双手可以同时抱住婴儿。

不替这些可怜的女人设想是不行的。

志高忽然想，咦，三个座位排成品字形可好？

她兴致勃勃动手设计。

爬山脚踏车已发展到十个排挡，用钛金属制造，但是婴儿车的式样仍然滞留在二十世纪五十年代，真气人。

接着，不知怎的，滑鼠松手，她累极伏在书桌上睡着。

半夜醒来，啊一声，蹒跚站起，走进睡房，扑倒在床上。

她做了一个梦。

看到一个美貌少女，穿白衣白裙，过来打招呼："邓阿姨，我是朱维樱。"

"维樱，你这么大了。"志高非常欢喜。

小维樱满面笑容，过来拉手。

梦醒了，天已经大亮，电话铃响个不停。

是王乙新找她。

"志高，公司派我往马来西亚核数。"

他声音不大高兴，这人怕寂寞。

志高笑："啊，别低估娘惹的魅力。"

"志高，我希望你一起来。"

"乙新，你有工作，我在宿舍做什么？"

"煮饭等我回来吃。"他有点赌气。

"那不是我的强项。"志高婉拒。

"我们结婚吧。"

"乙新，我隔些时候过来看你。"她只能做到那样。

"我现在来你家。"

志高起床淋浴。

她住在大厦顶楼，装修时拆通所有间隔，令邻居啧啧
称奇，装修师笑问："邓小姐不打算与家人住？"

志高答："我喜欢独居。"这一点她非常肯定。

她的家，不招呼十五岁以下的孩子。

一次子壮带着维平维扬到了门口，她都请母子打道回

府："我马上来你家赔罪。"原则必须坚持。

家里其实没有珍贵的摆设，可是，志高最怕小孩与老人那种样样都要碰一碰又不把物件归原位的坏习惯，事后投诉又怕伤和气，最好是先小人。

王乙新抱着一大蓬白色牡丹花上来，香气扑鼻。

"有你最爱吃的豆酱油条粢饭。"

志高举案大嚼。

乙新笑："你倒是从不节食。"

"咦，职业女性能胖到什么地方去。"

他再一次请求："志高，跟我去马来西亚三个月。"

志高微笑："我俩一向互相尊重。"

王乙新沮丧："我老了，我渴望有伴。"

志高了解这种意愿，身边有人服侍，听他发牢骚，帮他安排生活起居，告诉他钥匙在什么地方……

换句话说，做他的影子。

难怪小飞侠彼得·潘在故事一开头就四处找他的影子，抓到了，用针缝牢在脚下。

志高说："良辰美景，说这些话做什么？"

乙新轻轻拥抱她："无论怎样，我仍然爱你。"

志高却没有这样乐观。

她用手臂枕着后脑,双眼看着乙新英俊的面孔。

趁大家仍然相爱,快快享受。

过两日,子壮回来上班。

志高笑说:"咦,你不是在坐月子吗?"

子壮答:"整个月坐在那里,谁吃得消。"

"婴儿呢,也不抱来给我们看看。"

"保姆一会儿会带她来见过各位叔叔婶婶。"

秘书听见,笑问:"我不做婶婶,叫我姐姐可好?"

子壮也笑:"辈分全不对。"

"那么,大家叫名字,她叫我凯菲,我叫她——"

"维多利亚。"子壮接上去。

志高问:"法国人有回音没有?"

"深表失望,不过,希望保持联络,甚有风度。"

子壮说:"今晚叫乙新来吃饭,我家请了一个新厨子,手艺不错。"

"乙新此刻在吉隆坡。"

子壮沉默,过一刻才说:"你不如放假去看他。"

志高微笑:"为什么,你有不吉之兆?"

"我同你讲，那边年轻女子素质高，精通'三言两语'，英文程度尤其好，又刻苦耐劳，性格朴素。"

"让我们去开一家分公司。"

子壮笑："难得你信心十足。"

"不，"志高答，"你说的我全明白，只是——"

外头一阵骚动，原来是朱维樱小姐大驾光临，女同事争着过去见面，一时赞叹之声不绝。

保姆挽着一只篮子，柔软的粉红色被褥中躺着一个熟睡的小人儿。

司机跟着上来，手挽两大盒蛋糕请客。

志高问："你家现在雇了几个人？"

子壮答："三个。"有点心虚。

"不止啦，连厨子司机有六个人吧，浩浩荡荡，每天开销实在不少。"

子壮说："有什么办法，我成天不在家。"

志高微笑："各有各苦衷，我不想去吉隆坡，你不能没有保姆。"

子壮摇头："绕这么大一个圈子来强辩，真好口才。"

小维樱忽然醒来，对环境不满，呜哇呜哇地大哭。

"奇怪，声音这样响亮，与小小身躯不成正比。"志高想一想，"世上只有小提琴有同样音量。"

保姆立刻告辞，把孩子抱走。

子壮召同事开会，落实了几个设计。

中午，有日本人上来，没有预约时间，但由熟客介绍，希望看一看过往的设计。

志高经过会议室，发现有两三个女同事在招呼他，不禁好奇，这么热闹？

那日本客人抬起头来，志高明白了，的确英俊。

上帝真不公道，人类更加偏心，漂亮的面孔，优美的身段永远占了优势。

他见到志高，自我介绍："彼得铃木。"一口美国英语，大抵已是第二代日裔美侨，回流返祖国工作。

他接着说："你们的设计不够'环保'呢。"

志高一听这两个字就知道一顶大帽子正飞过来，千万不能让它落到头上。

她气定神闲笑着问："为什么？哪一款婴儿车捕杀了蓝鲸，还是哪一只浴盆砍伐了雨林？"

铃木一怔，笑了出来，随即又说："设计落后，不够自动化，若加上电动及影音设备，会更受欢迎。"

志高温和地说："我们会参考你的意见。"

东洋人连灵魂都已经电子化。

志高回办公室去，经过茶水间，发觉蛋糕盒子打开了，便顺手挑了一块，斟杯咖啡坐下吃起来。

有人经过："在躲懒?"

志高一看，正是铃木，不禁好笑，这人把她公司当自己家里一样，宾至如归。

"来，吃点心。"

他挑一只苹果卷，边吃边看着志高。

志高微微笑。

他问："你负责什么?"

志高答："茶水影印。"

他立刻知道志高开他玩笑，讪讪地不出声。

志高给他做了一杯意大利咖啡。

他忽然问："下了班，有什么地方可去?"

志高答："回酒店查查电话簿黄页，你便会知晓。"

这时，秘书进来找人："邓小姐，你在这里，王先生长途电话找，还有，奥米茄厂请你回电。"

志高只得站起来："不能与你闲聊了。"

她很感激日本人专注凝视的目光，许久没有人这样看她，志高觉得十分享受。

铃木忽然问："我们还能见面吗？"

"你有否留下建议书？"

"有，都放在接待处。"

"我们会与贵公司联络。"

回到办公室，志高忽然吩咐秘书："订一张往吉隆坡的飞机票。"

可是，机灵的秘书回答："王先生已到槟城了。"

志高用手托着头："那就算了。"

"槟南风景也很好。"

"不，太远了。"志高有点惆怅。

秘书乖巧地噤声。

下班时子壮推门进来："志高，来吃饭。"

"你家人头攒动，我真正害怕。"

"乙新去公干，你生日无人庆祝怎么行。"

"没关系，一个人照样过。"

"你若回心转意，我在家等你，随时吃长寿面。"

"知道了。"

下班后她回到家，踢掉鞋子，大声唱："我会生存，你别以为我会一蹶不振，我会生存……"

她取出香槟，开了瓶，独自喝起来。

门铃响起。

谁？她去开门："咦？是你，铃木，你怎么知道我家地址？"不知怎的有三分欢喜。

那英俊的外国人微微笑："想见到心仪的女郎，总得想想办法，可以进来吗？"

志高应该说不，关上门，杜绝麻烦，但是她没有那样做，一向规矩的她居然说："欢迎。"

铃木一进屋内便喝声彩："好地方！"

"谢谢。"志高斟杯酒给他。

"看样子你的工作内容不只是负责茶水影印。"

他脱掉外套，埃及棉的衬衫薄如蝉翼，他美好的身段尽露无遗。

志高轻轻别转面孔，怕贪婪的目光出卖她。

他忽然说："是你脸上寂寞的神情吸引了我。"

志高吃惊，抚摸自己的面孔："我寂寞？"

"是，像是世上一切欢愉与你无关。"

"不，你看错了。"她急急否认，"我为什么要不高兴？"

铃木笑笑，走到一张婴儿高凳前面："我怎么知道？这是你的杰作吧，我在设计杂志上见过，座位前端有梯阶，方便幼儿自己爬上去坐好。"

志高说："对你来讲，起码要装置一台小型电视机，播放动画，才够吸引吧。"

铃木笑："敝公司在设计一枚手表型录影器，接收部分可戴在母亲手腕上，在厨房或浴室都可以看到小孩子的活动，可放心走开一会儿。"

志高点头："这是一宗功德。"

"还有，接收器加强电波的话，可携带外出，在办公室也能够看到家中的幼儿。"

"我一向佩服你们的脑筋。"

"愿意合作吗？"

"幼儿不需要先进电子仪器，他们不过想母亲多些时间陪伴在身边。"

"说得正确，但是新女性生活这样繁忙，有可能做到吗？"

志高微笑："什么叫没有可能，看她选择如何而已。"

"你是一个刚强的女子，理智控制你的肉身。"

志高立刻补一句："我对自己相当满意！"

铃木凝视她："那么，你的手臂为什么紧张地交叉挡在胸前？保护什么，又防范什么？"

志高马上放下双手。

"肉体的需求令你觉得尴尬。"他的声音极其温柔，但语气十分尖锐，"你努力压抑，可是这样？"

志高伸手去指他的胸膛："你错了。"

他握住她的手。

"还有，你是谁呢？一个电子小玩意的推销员，贸然充当心理医生。"

铃木笑了。

志高想把手缩回去，铃木说："像僵尸一样。"

"什么？"志高怔住。

"你，每一寸肌肉都僵硬，紧绷绷，像死了多时的尸体。"

志高啼笑皆非，跳起来："谢谢你，铃木君，你可以告辞了。"

他咧开嘴笑，替她斟酒："啊，喝光了，幸亏我也带着酒。"

他自口袋取出一只小小扁银瓶，旋开瓶盖，喝一口。

不知是什么酒，隔那么远，志高都闻到一股醇香，她啊了一声。

应该站起来拉开大门请这个陌生人离去。

但是，他说的话，一句句都击中她心坎。

多年来，邓志高的心事无人知道，她像一台精密的机器，每日按时开动，办妥所有公私事宜，休息，第二天再来。

这个陌生人却了解她。

"我又看到你那种寂寥的神情了。"

志高伸出手，取过扁银瓶，也喝了一口酒。

是烈酒，但不呛喉，像一道小小泉水丝绒般滑入喉咙，志高吁出一口气。

奇怪，在乙新面前，她反而不能这样松懈。

因为他是她的男友，她需在他面前维持一定尊严。

铃木轻轻说："不要害怕，我帮你松一松肩膀。"

他走到她背后，替她按摩肩膀。

手法很地道，绝不猥琐，志高转一转脖子，调侃他："每次谈生意，都得这样努力？"

"我喜欢你，在美国与日本，都找不到这样聪敏机灵能干却又悲哀的女性。"

"你又看错了。"

"嘘，闭上眼睛，享受感觉，你的皮肤与肌肉不知饥渴了多久。"

志高乖乖地听他忠告。

铃木轻轻说："你需学习好好招呼肉身，你高洁的灵魂不能独立生存，肉体吃苦，你不会快乐。"

志高闭上双眼，放松身体，铃木帮她轻轻捏拿颈肌。

"你是那种不肯让别人洗头的女子，因为觉得唐突。"

全中。

还有，志高每年做妇科检查时都特别厌烦，认为多事复杂的身体机能迟早会拖垮她的灵魂。

这时，她嗯了一声。

真的享受。

"今日你让我这样放肆冒昧，是什么原因？"

志高微笑："因为我不认识你，以后，也不必见面，没有顾忌。"

他坐到她面前，捧起她精致的脸庞："你可不要后悔。"

志高微笑："自成年以后，我所做的事，后果自负，即使跌落山坑，与人无尤。"

他轻轻吻她的鬓发。

志高惊讶地叹息，原来，一直以来，生活了这么久，她从来不知什么叫亲吻，原来，肉体接触，可以给她那样奇异，几乎是属灵的感觉。

对方宽厚的肩膀叫她迷惑。

电光石火间，她忽然想到，原来王乙新不是她的对象。

她伸出双臂，拥抱这个陌生人。

一定是喝醉了。

生平第一次这样放松身体，四肢微微颤抖，像绷紧的橡皮筋松下时地颤动。

真像一个绮梦。

可怜的志高，她又何曾做过缱绻缠绵的梦，她所有的梦境，不外是被一只怪兽追得跌落悬崖，或是在考场摊开卷子，一道题目也不会做。

她频频叹息。

那一天，她明白了，肉身除了自一个会议室走到另一个会议室外，还有其他用途。

时间过得太快，天微亮时，两人的电话及传呼机已经响个不停。

铃木轻轻说："我还想见你。"

志高微笑，伸一个懒腰。

"我今日回东京，你有我通信号码。"

志高不出声。

他喝完咖啡才走，听见志高的脚步声，转过头来，真挚地说："我会想念你。"

"一具僵尸？"

他笑了，深深吻志高手心。

他启发了她。

从前志高以为最大的乐趣是白天看日出，晚上观星座，读一本好书，吃一块巧克力蛋糕，呵，又考了第一，还有，成功地取得生意合约……

原来还有其他。

她淋浴更衣上班。

子壮看到她喝一声彩："从未见过有人穿白衬衫都这么

好看。"

志高不出声。

"挂住[1]乙新？叫他回来好了，我们正少了一个会计人才，若不是你一直不愿与他做同事，他一早成为拍档。"

志高微微笑。

"你一累就有这种魂离肉身的神情，志高，莫非又想发明什么玩意？"

志高轻轻答："叫婴儿夜间不哭的仪器。"

子壮笑："天下有那样好的东西？有否叫丈夫体贴，孩子听话的工具？"

志高坐下来："子壮，你可记得我们在初中时怎样应付发育的身体？"

"没齿难忘，可怖之至。"

"子壮，我们的母亲大人大大失职，无良地将女儿蒙在鼓里，漆黑一片，担惊受怕。"

"我发誓将来一定要与维樱说个一清二楚：这具身躯里外并无任何可耻之处，女体世世代代拥有孕育下一代的天

---

[1] 挂住：粤语，想念。

职，什么叫经期，怎样选择卫生棉，还有，几时佩戴胸围，都会同她详细讨论。"

志高探过身子："再进一步呢，几时说？"

这也难不倒子壮，她答："待维樱十二岁时，我会同她说，人类除出衣食住行，还有一种需要，无须压抑，但要做足防范措施。"

"你不觉难以启齿？"

"咄，叫客户高抬贵手，速速结账，岂不是更加难堪。"

志高说是。

子壮叹口气："从头到尾，家母回避这件事，一字不提，假装什么也没有发生过，真佩服她有这种本领。"

"也许，她的母亲也同样作风。"

"在我手上，这种传统将有所改变。"

志高取笑她："你会否开班授徒？"

"为什么不，在报上刊登广告：'特设小型讲座，题目为"女性生理卫生"，对象为十二至十五岁少女，主讲者甄子壮女士，三子之母兼事业女士。'"

志高用手撑着头笑了。

秘书进来："两位，开会时间到了。"

志高说："我精神欠佳，想出去走走，子壮，今日你看全场。"

她居然出去逛商场。

站在橱窗外呆视，那是一家女性内衣店，陈列着雪白色极薄麻纱褒衣，纯洁中带丝妖媚，大学里曾经有个足球队长这样说过："外边穿旧大棉布衫及破牛仔裤，太阳棕皮肤，可是内衣是雪白的蕾丝……"

这人的相貌志高已经不记得，可是他这番话却忽然浮现脑海。

多年来志高为着品位问题只穿肉色内衣，先决条件是在外衣下不露任何痕迹，一个女子，如果想得到尊重，必须首先自重。

开头是节制化妆衣着，尽量做到高洁清雅素淡，渐渐对食物与异性也一般看待，浅尝辄止，绝不放肆。

她获得尊重，一直到现在，才知道错过了一些很重要的东西。

她在玻璃橱窗外站太久了，店里女职员满脸笑容出来招呼："小姐，进来参观。"

志高吃惊地看着她。

"请进来选购。"

志高转头匆匆离去。

这个现代事业女性，脑袋思维去到二十一世纪，肉体活在十九世纪，完全脱离。

今晚立刻到单身酒吧去自我释放？当然不，志高只是在检讨自己的生活方式。

她回到公司，看见子壮忙得鼻尖发亮，连忙接手。

子壮说："我出去喝杯咖啡。"

"约了谁？"

"朱维樱。"

志高笑了："好好享受。"

硬把思维拉回来，志高处理了一大沓文件，抬头一看窗外，太阳已经下山。

凯菲进来说："王先生电话。"

"你下班吧。"

"那我先走了。"

她的小男朋友在接待室等她，据说家长十分反对，但是凯菲努力为他缴付大学学费，预备他明年毕业找到工作后结婚。

志高拿过电话，听见乙新在那边说："几时过来看我？"

声音非常陌生，十分理所当然，像多年老夫老妻，他从来不会替她按摩酸硬的肩膀，或是亲吻她后颈。

"志高，为什么不说话？"

"手头上有文件在做。"

"又食言了，不打算来了？"

志高索性认罪："你真聪明，我言而无信，对不起。"

他悻悻然："回来再同你算账。"

"罚我做什么？"会不会是凌晨到无人的山顶一起喝香槟？

"叫你做五菜二汤给我们吃。"

乙新一向与她同样正经乏味，缺乏想象力，志高挂上电话。

她检查电邮，不出所料，没有铃木的消息，应该是这样，从此男北女南，互不干涉。

否则就没有意思了。

志高渐渐不再心猿意马，理智战胜一切，周末到朱家做客。

她选购的礼物永远是书籍，维平与维扬一看便说："咦，邓阿姨老是买科学百科全书:《十万个为什么》、"目击证人"丛书、"国家地理"丛书,真累坏人,我们已经有三本《认识你的宇宙》,还有两本《梵蒂冈的宝藏》《环保知识》……"

志高板着面孔:"你们想看什么?"

"我们不要书,我想得到一支强力水枪。"

"一只旋转风筝也好。"

然后异口同声说:"或者是最新的电子游戏《幽灵》。"

子壮过来说:"邓阿姨有文化,她不买这些。"

维平叹息:"闷坏人。"

"听听这班人精的口气。"

子壮抱着维樱,有女万事足的样子。

"志高,我可应继续工作?"

志高大吃一惊:"你发疯了,想自废武功,你家三个男人对你稍微有点尊重,皆因你另外有个地方可去,你千万别灭自己威风,长他人志气。"

"你这样一说,我又迟疑了,可是,维樱怎么办?"

"大不了每天下午带到公司来,你是老板,谁好说不。"

"嗯。"

这时维平与维扬不知为什么吵个不休,志高霍地转过头去，严厉地说："噤声，大人在说话。"

稍后，她上洗手间，听见他们咕哝："那女人又来我们家作威作福。""是呀，她就是喜欢欺侮我们。""谁做她家小孩真惨。""她几时走？""叫妈妈不要再请她来。"

志高故意咳嗽一声，两个孩子总算住了嘴。

朱家人来人往，志高讲不了几句话。

子壮说："这次乙新好像去了很久。"

志高不出声。

"你与他闹意见？"

"我们没有意见，从不吵闹。"真叫人惆怅。

"前日我在婚纱杂志里看到王薇薇设计的无袖直身象牙白缎裙，真精致漂亮。"

"留给维樱吧。"志高感慨。

"你呢？"

"我志不在此。"

"乙新才不会放过你。"

志高接手抱过婴儿，看着那端正的小小五官，难以想象，自己也曾经这样被母亲拥抱过，她鼻子渐渐发酸，喃喃地说："我不记得，为什么我不记得一个人最美好的时刻？"

子壮觉得好友情绪低落，不过，志高一直比她敏感，她已习以为常。

"你其实并不讨厌孩子。"

"他们一会说话，就可恶到极点，不能忍受。"

"你仍然未曾准备做母亲，我巴不得维樱速速张口陪我说说笑笑。"

志高由衷地说："你真幸运。"

"志高，我比你庸碌，你才是公司的灵魂。"

"嘘，嘘，只有你本人才敢这样讲，若不是因你圆滑，公司一半同事早受不了我的急躁离去。"

"来，志高，我给你看一卷录影带。"

因为子壮面色神秘，志高警惕："你知我不看那种东西。"

"哎，你想到什么地方去了。"

一按录影机，只见屏幕上出现一个黑发大眼浓妆艳女，穿着《一千零一夜》中阿拉伯宫廷纱衣，笑容可掬，她这样说："各位女士，可有想过学会一种民族舞蹈兼减掉二十磅 [1] 体重？"

---

[1] 磅：1磅约合 0.45 公斤。

"呀，"志高难以置信，"肚皮舞！"

"志高，"子壮兴奋地说，"我希望你陪我报名参加，产后我急需甩掉脂肪。"

志高看着艳女示范："你的身体，由你控制，手臂柔软地舞动，伸展到背后，配合腰肢前后摇晃，还有，臀部款摆，难道不是最好的运动？"她身上佩戴的首饰，随着舞步叮叮作响。

子壮嘻嘻地笑，站起来学着做两下，虽然生硬，但是有三分妩媚。

志高冲口而出："我去。"

"重新认识你的身体，欢迎参加，我的地址电话是……"

就在这个时候，维平与维扬跑了出来，身上围着母亲名贵的爱默斯丝巾，模仿肚皮舞娘，在她们两人面前起舞。

志高笑得几乎流泪，忽然把心事全丢上九重天，被这两个几岁大的顽皮儿逗得极乐。

半晌，她说："哎，难怪那么多人这样辛苦也要养孩子，的确有许多乐趣。"

"你也来加入队伍？"

志高摇头："我不配。"

她回家，坐在露台上出神。

她不是思念任何人，而是留恋自己躯壳四肢活转的刹那。

她抚摸双臂，原先，她以为手臂只有用来伏案写字工作，可是，它们还有别的用途。

隔壁有少年练习小提琴，本来弹古典的永久旋律，忽然腻了，改奏流行曲《你不必说你爱我》，不知怎的，那少年像是明白其中缠绵之意，乐声使志高精神恍惚。

正在享受，少年的家长出来，大声咳嗽一下，琴音又回到永久旋律上去。

志高惆怅。

她已经错过许多，趁肉身还年轻，要好好利用。

志高激动地霍一下站起来，在屋中踱步沉思。

第二天，子壮同她说："周先生希望你去一次新加坡。"

"不是说他派人过来签合同吗？"

"老主顾了，他希望你参观他的制作部，你当过去探访乙新也好。"

"你为我制造机会？"

"给他一个惊喜。"

"我不会唐突任何人，到了那边，我自然会通知他。"

当天下午，她就出发了，单身真方便，随时出门，无牵无挂。

每次飞机上升，志高都想：万一摔下来，她有遗嘱在子壮那里，事事交代得一清二楚。

有人担心届时不知有几个所谓朋友会出现在仪式上，咄，还计较这些呢，志高最讨厌这一套，谢绝应酬，入土为安是正经。

她挽着手提行李出飞机场，没想到周氏亲自来接她，并且坚持志高住到他家去。

志高力争自由才能到酒店松口气。

吃晚饭时周先生介绍一个人给她认识："这是内弟冯国臻。"志高忽然明白了。

那是周太太的兄弟，他们看中邓志高，特地做介绍人来了。

志高觉得荣幸，但是无法接受。

她极之喜欢新加坡，觉得那样聪敏的国民愿意选择如此朴素的生活方式是极之难能可贵的一件事，应该尊重嘉奖。

但这不表示她会因此刻意嫁到新加坡。

周氏请她吃饭，志高却反客为主，以公司名义宴客。

她拨电话到槟城联络王乙新，却一直未有回复，一共留言两次。

晚饭中周氏夫妇一点也不掩饰他们对她的好感。

周先生这样夸奖她："我们虽是小公司，提出许多要求，志高都能一一做到，专心设计，诚意讲解，事事体贴、认真、热心、真挚，叫我们感动，我们的产品遍销全国……"他举起酒杯，"多亏志高。"

志高只是微笑，她同他们不熟，不讲话最好，以免说多错多。

吃完了饭周太太建议拍照，挑酒店大堂一座人工瀑布做背景，拍完又拍，志高不忍扫他们兴，笑着建议："来，我帮你们合照。"

举起相机，从镜头看出去，忽然一怔，但手指已经按下快门。

水帘那一头，站着一男一女，那男的，正是王乙新。

女子年轻貌美，秀发如云，穿豹纹吊带背心裙，披着一张大流苏印着玫瑰花的披肩，穿高跟拖鞋。

电光石火间，王乙新也看到了邓志高，他立刻错愕地别转面孔。

志高明白了。

如果心里清白，他应该立刻走过来解释介绍，但是他根本无法自圆其说。

志高也没有行动，她的大脑一直牢牢控制肉体，四肢从来不做冲动的事。

转瞬见王乙新与那美人亲昵地离去。

志高低下头。

"一定是累了，"周太太十分体贴，"早点休息。"

志高很感激她的关怀。

"明早请到我们公司来参观。"

志高点头。

回到房间，她反而有种轻松的感觉，真好，彼此不忠，合该分手，她不会觉得她情有可原，他则罪不可恕，这段感情，到此结束，非常自然。

她睡得不错。

第二天一早，周氏派司机及那位冯国臻来接志高。

志高穿白色细麻套装，头发梳在脑后，清逸脱俗，冯国臻看得发呆。

一路上志高沉默。

到了周氏办公室，周先生送志高一件礼物，原来是昨晚拍摄的照片，已经镶在银相框里。

他们背后站着王乙新与那个不知名美人，清晰可见，真是最好的纪念品。

照说，王乙新一问子壮，应该知道她身在何处，很明显，他并不急着解释。

参观过设备，签署妥文件，志高告辞。

周先生说："不多留几天？我们一家会到云顶度假，希望你也来参加。"

志高婉拒。

冯国臻送她到飞机场。

那老实人忽然争取，他说："志高，我对你一见钟情。"

大学毕业后志高还没听过这句话，她轻轻说："你并不认识我。"

他有点尴尬。

"我们这些都会职业女性非常骄傲虚荣，自恃聪明能干，十分自私骄纵，太好胜太无情，不是好对象。"

"你是例外。"

才怪，邓志高心中这样说：我是其中佼佼者。

她与他握手道别。

在飞机场礼品店志高看见柜台里有刻了字样的石卵出售，她挑了两块送给子壮，一块刻着"想象"，另一块是"创作"。

下了飞机一眼看见公司的司机阿兴，心里才落实，噫，到家了。

回到公司，子壮还没有到，她把石卵放在她桌子上。

问秘书："什么人找过我？"

"全是公事，都打发掉了。"

"没有私人电话？"

"王先生昨天下午问我你去了什么地方出差。"

"你怎么回答？"

"我说是新加坡。"

"答得很好。"

连秘书都感觉到有些不对劲，静静退出。

王乙新想他肯定不是眼花或是做噩梦。

稍后子壮推门进来："回来啦。"

志高抬头："几时跳肚皮舞？"

"下午六点。"

可是子壮临时有事，志高一个人赴约。

地点是健身室一角，师傅一看见她便皱眉。

"噢，不不不不，要解除束缚，脱下办公室衣服，松开头发，换上这套贴身衣。"

志高把运动衣换上。

"好多了。"

师傅叫耶斯敏，茉莉花的意思，一条柳腰叫人羡慕，是块活招牌。

她先教志高伸手踢腿。

"啧啧啧，可怜，长年伏案工作，四肢都僵硬了。"

已经有人这样说过。

"来，照着我做。"

不到片刻，志高已经浑身出汗，关节酸痛，可是她想学的是臀部款摆的动作。

师傅说："你先练好基本功。"

没想到肚皮舞也同少林武术一样，先站稳马步。

一小时后筋疲力尽回家，可是手脚灵活多了。

淋浴后倒在床上。

电话铃响，她拿起听筒。

"志高，我回来了。"

"你好，"志高已经把对白练习多次，熟练地问候，"旅途还愉快吗？"

王乙新开门见山："原来我俩住在同一家酒店。"

"可不是，真巧。"

"志高，你骂我呀。"

"我从来不骂人，很多人不能接受批评，认为是挨了骂，这是误会。"

"这么说，我们之间已经失救。"

"当然如此，不然，你以为还有别的选择？"

"志高，为什么不跟我出差？"

"一切都是我的错，交代清楚了，心安理得。"

"志高，我对不起你。"

志高不出声，彼此彼此，尔虞我诈。

"志高，我们还是朋友吧。"

"我不认为我可以同一个背叛我的人做朋友，我们到此为止了。"

"这是我们最后一次通电话？"

"是。"志高的语气居然有点愉快。

他忽然哽咽，志高对他的婆妈有点诧异，轻轻放下电话。

小人儿

贰·

生命中充满意外，
以你的能力，
一定可以顺利过关。

她伏在床上熟睡，心理医生告诉过她，特别爱睡的人，也许下意识在逃避什么。

醒来之后，有点惆怅，几年来习惯身边有个人，互相照应，有事征询一下意见，生病有人斟杯水，现在这人走了。

当然，要马上找个替补也不难，那冯国臻的水准有过之无不及，可是，刚弃了鸡肋，总不能又找一盘骨头。

志高用手掩住脸，又得从头开始：先生贵姓，多到什么地方玩……怪不得某些男生索性到欢场去消遣，省下许多繁文缛节。

第二天清晨，她更衣上班。

子壮到十一点才来："我陪维樱看医生，小小一个人，忽然发烧到三十九点四摄氏度，吓坏人，心从口腔跳出来。"

志高叹口气："他们真有办法折磨母亲，蚕食所有时间。"

子壮坐下来，打开公事包："咦，这是什么，哟，这是维平的功课，怎么会在这里？"说着跳起来，"阿兴，阿兴，替我送到华英小学四年乙级教室去。"

志高轻轻斥责："疯婆子。"

子壮不怒反笑："你说得对。"

"两位公子功课很好吧。"

"嘿。"语气十分惆怅。

"喂，子壮，你可是年年九科优的高才生啊。"

"这叫作一代不如一代。"

志高大吃一惊："逼他们努力学习呀。"

子壮答："尽了力，任得他们自由发展。"

"谁尽了力，你？"

"我们少年时考试年年第一，完全自发自觉，不是因为家长威逼利诱，每日放学，取出功课，逐样做妥。家中只得一张饭桌，时时要让位，做到深夜，清晨又起来苦读，在电车上还拿着笔记簿。"

"真笨，"志高忽然微笑，"都为着什么呢？"

"我们有着强烈的是非观念，总想向上。"

"会不会是对小孩要求过苛？"

"我最怕看到他俩卷子上有丙字，感觉像被陌生人掴了两巴掌。"

"是，的确不能接受。"

正在诉心声，客人来了，她俩打起精神，换上另一副面孔见客。

变脸次数多了，志高怕变成人格分裂。

开完会，志高走到工作间，与工程师研究细节，秘书进来说："邓小姐，一位铃木先生找你。"

志高抬起头："人，还是电话？"

"电话。"

志高想了一想，内心挣扎一会儿，终于说："说我出差去了。"只得这个答案罢了。

秘书乖巧地点头出去。

志高回过神来，继续做事。

他们在设计一个自动摇晃的小床，受哭声感应，会轻轻对婴儿说："宝宝，妈妈在这里。"

同事走进来："这只橡皮鸭子会变颜色，洗澡水温度太高，会转红色，你们看怎样？"

一直忙到傍晚。

子壮说："明天是孩子日，同事们会带子女来上班，了解一下他们父母工作的性质情况。"

志高抱怨："你也太洋化了，把外国人那套全副搬来用，当心消化不良。"

"我会叫他们远离你。"

"我像那样不近人情吗？"

她先伸手把两台私人电脑锁上。

"志高，可是有事发生了？"

"什么事？"志高不想承认。

"问你呀。"

"你放心，我挺得过去。"

"乙新都告诉我了。"

志高微笑："他有没有说那个穿豹纹小背心裙的美人是谁？"

"你若原谅他，他愿意改过自新。"

志高不出声。

子壮叹口气："我同你何来时间精神再去发掘新人。"

"子壮，你真传统，难怪可以做个好母亲，别管闲事，快回去照顾幼婴。"

"啊，对，我走了。"

秘书走近："铃木先生说问候你。"

志高双臂抱在胸前，不出声。

她倒是不怕他会找上门来，他们哪会有这么空，这个不行，立刻找别人，都一样，他们只恋不爱。

下班，她走到附近的独身酒吧去。

叫一杯黑啤酒，酒保与她搭讪："第一次来？"

一看就知道。

"你太紧张了，双臂绷紧。"

每个人都那么说。

"寂寞，想找伴？"酒保继续发问。

忽然间，有人这样说："森姆，别打扰客人。"

酒保噤声。

有人坐过来："我请你喝一杯。"

他是个英俊的年轻人，修饰得十分整齐，漆黑发亮的头发，浅褐色皮肤，宽厚肩膀。

"我叫司徒，这家酒吧是我的小生意。"

志高好奇地问："你到什么地方晒得这么漂亮，地中海、南太平洋？"

他耸耸肩："健身院，我们男人又不能搽粉。"

志高笑起来。

"客人还未到齐，来，我弹一曲给你听，想听什么歌？"

志高遗憾："我心中没有一首特别的歌。"

"我给你一首《我会记得你》。"

"好极了。"

他走到钢琴前边去，自弹自唱，琴艺歌声都不怎么样，可是却有缠绵之意。

酒保又说："可爱的年轻人。"

志高点点头。

"对你有意思呢，快把握机会，你不是到我们这里来净饮的吧？"

当然不是。

志高忽然找到不想回到乙新身边去的理由：他的肌肉像豆腐，脖子与前臂晒黑了，胸膛却灰白色，平日用名贵西装遮丑，那个穿豹纹衣的美女很快会吓一跳。

但是，志高却没有勇气继续在酒吧坐下去，她悄悄离去，呵，理智始终主宰一切。

无论男女，若惯性到这种地方来寻找慰藉，都会变得烂搭搭，往后，就没有路了。

她只有回家去。

希望铃木会笑着走出来："不是说出差去了？"

但是四边都不见有人。

这样矛盾，当然不会开心，志高开门进公寓。

她独自喝酒，忽然像是听见门铃声，拉开门，空无一人，听错了。

志高沮丧，真没想到她那样在乎异性慰藉，真没出息，她知道有几个阿姨终身不嫁，也从来没有男朋友，日子照样过得很好，从不诉苦，多么难得。

旧女性忍耐的美德无人能及。

志高捧着酒瓶睡着。

幸亏无论如何第二天都要上班。

醒来连她自己都嗅到难闻气味，立刻漱口淋浴。

在收音机里听见"今日是一个阳光普照的星期六"，惨，无处可去。

连忙拨电话找子壮："星期天有什么好节目？"

"别来缠住我们，快快自己找个新男朋友。"

"喂！做人要讲点义气。"

"我们一家打算睡懒觉，别来骚扰，早警告过你，一个人届时要组织家庭，否则工余连个说话对象也没有。"

"我会带礼物来。"志高气短。

"看你今日表现如何。"子壮笑了。

"今日有什么大事？"

"今日孩子天。"

呵，差些忘记，同事们会带子女来上半天班，介绍公司业务，让三十多名小精怪发问，以便了解父母的工作性质，真亏子壮一片好心。

志高连忙与秘书联络："去买些蛋糕汽水文具之类招呼客人。"

"都已经办妥，邓小姐，你回来一看就知道。"

志高回到公司，只见一桌各式松饼及饮料，橘子苹果俱备，她斟一杯咖啡喝。

凯菲取出一沓T恤，上边印着"小人儿"字样，准备分派给小朋友做纪念品，她真周到。

"我们还订了铅笔及拍字簿计算机等礼物。"

"现在的孩子还稀罕这些吗？"

"他们最渴望父母的时间。"

"今天，大概不用办公了。"

话还没说完，工程部同事已经带着子女上来，为志高介绍。

志高发觉同事子女有一样的圆面孔大眼睛，额角饱满，面色红润，还有，发育良好，神气十足，一看就知道全是幸福儿童，几乎全部在国际学校读书，讲得一口好外语。

司机阿兴的两个儿子更了不起，在本地甲级名校年年考第一，说起功课，叽叽喳喳笑得合不拢嘴，彼此比较研究，不愁没有话题。

志高寂寥地同秘书说："就我同你是局外人。"

凯菲笑："我若有孩子，会留在家里做全职母亲。"

"我最反对女子婚后放弃工作，总会有两全其美的方法吧。"

"邓小姐，你不一样，你在家也可以搞好设计，交到公司即可，我们不行，不得不做出抉择。"

志高想起问："你男朋友今年毕业？"

"是，我们年底结婚，我已有储蓄。"

"我送你们蜜月旅行做礼物，去远些，夏威夷可好？"

"谢谢邓小姐。"

人数多了，孩子们比到游乐场还兴奋，到处进，又忍不住伸手触摸，对各式电脑最有兴趣。

不久，维平与维扬也来了，他们是熟客，先举案大嚼，然后要志高阿姨表演节目。

志高让他们见识最新的手掌电脑：无线，靠手提电话接驳传递电子邮件。

孩子们一下子学会，与志高在小小荧屏上对答起来。

这时志高浅色套装上早沾上了孩子们的黑手印。

有一个小男孩双手上沾满巧克力酱，索性在志高裙脚上抹两抹才去翻书，你不能说他坏，他在家也一直那样对待妈妈。

办公室像打过仗一样。

同事开心地说："志高，公司德政，这是最佳亲子活动。"

保姆抱着维樱上来，志高一时找不到子壮，小小幼儿伸出手臂叫抱，志高只得接过。

幼婴忽然吐奶，保姆不住道歉，志高的外衣"泡汤"。

志高坐下来喘口气，忽然有人对她说："你好。"

志高转过头去，看到冯国臻："咦，贵客来了。"好不意外。

他笑嘻嘻看着志高，只见她头发有点凌乱，身上脏脏的，与平时冰肌无污的样子不同，此刻，她身上有奶酸味，特别有人情味。

他问："今天是开放日？"

"正是，请坐。"

"好热闹，真是一家民主的公司，值得效法。"

"小公司像一家人似的，一年一度，招呼小朋友。"

"你们管理得很好。"

"始终是人力最重要，科技再进步，仍然由人脑控制电脑，不得不尊重人才。"

志高把吃剩的较完整的蛋糕夹给冯国臻。

"你是路过？"

"是，有点事要办。"

大堂忽然静了下来，原来孩子们都挤到会议室去看电影。

冯国臻把握好机会："志高，可以同你吃顿饭吗？"

志高怕一个人回家，爽快答应："就今日吧。"

"好极了，志高，还有一事求你帮忙，我来订一些原料，可是听说对方不易说话，请你提些意见。"

志高明白："是内地人？"

"是一些木材。"

"在本市洽商？"

"正是。"他有点着急。

"不怕，他们很文明，你放心。"

这时，孩子们自会议室出来，凯菲派发棉花糖及气球。

"来，"志高说，"我们走吧。"

冯国臻意犹未尽："派对真成功。"

志高只是笑。

他们吃了顿简单的午餐，商谈了那单生意的细节。

志高说："这样吧，我权充你秘书。"

"怎么好意思。"

"没关系，办妥事是正经。"

她回家换衣服，助人为快乐之本，她愿意帮冯国臻。

子壮有电话找她："你溜到什么地方去了，不是说没节目吗，明日来我家看孩子吧。"

人贵自立，志高冷笑，去做义事也胜过仰朱家鼻息，她挺一挺胸膛，出门赴约去。

冯国臻的客人吃杭州菜，可是订不到房间，志高立刻出面周旋，经理一见她，满面笑容说邓小姐对不起，即时腾出小小贵宾厅。

志高带来半打加国特产冰葡萄酒，在深秋葡萄结冰时才采摘酿酒，糖含量高，酒精成分达百分之二十，香气扑鼻，十分可口。

她叫了几款清淡小菜，静心与冯国臻等待贵宾。

阿冯说："小学时，同学不会读这个臻字，索性拆开来念，叫我至秦。"

志高笑，刚想叫他至秦，客人来了。

厂方代表穿唐装，戴金表，派头很大，带着两个助手，彼此介绍过，大家坐下来谈公事。

那人没想到星洲年轻人有一个那样灵活可爱的秘书，气焰低了一点，他的普通话有上海口音，志高立刻陪他说沪语，又进一步听出宁波口音，索性微笑说："家母祖籍宁波。"

客人立刻问："宁波何处？"

"宁波镇海。"

"令堂现在住在本市？"声音和蔼得多。

"不，已跟家兄移居旧金山。"

"你怎么会讲宁波话？"

"我的福建话也不错。"

客人很是欢喜："这就好，十三亿华人，不是个个谙粤语。"

"是是是。"志高忙斟酒。

客人诧异说："这个葡萄酒味道非常清冽，送清炒蚕豆最好。"

"我替你送一箱去。"

接着，谈到生意，对方说："星期一请冯先生来签合约吧，合作愉快。"

他们谈了一些宁波老家事，志高是真心的："我太外公造船，在崇明岛有生意，家里挂满海产，成天吃乌鱼子。"自小听外婆说过，记性好。

"邓小姐多久没回家乡？"

"我根本没去过。"

"同冯先生一起来看看，我做东。"

志高立刻应允。

客人对冯国臻说："真是你的贤内助。"

还把没喝掉的两瓶酒带走了。

道别后志高立刻打电话问秘书："公司还剩多少冰葡萄酒？"

"约两三箱吧。"

"明早照这个地址送到，不得有误。"

挂上电话，她对冯国臻笑一笑。

"谢谢你志高。"

"举手之劳。"

"刚才那场面已叫我眼花缭乱，真佩服你。"

"你订的数量高，又不压价，对方相当满意。"

"上头人工到底相廉，我们就是看中这一样。"

志高忽然问："你吃饱没有？"

"刚才根本没心情。"

"来，我同你去享用香甜鱼片粥。"

冯国臻轻轻说："有什么难得倒你呢。"

"你把我看得太好了，"志高忽然鼻酸，"我什么都不会，"喝了几杯冰葡萄酒，她悄悄诉苦，"连一个男朋友也保不住。"

可是那冯国臻一听，却忍不住自心底笑出来，咧开了嘴，随即，又发觉如此幸灾乐祸甚不应该，想把嘴巴合拢，但是相由心生，挣扎良久，嘴角仍然向上弯。

他说："是那人没有福气。"

"你真会说话。"

她与他到窄路小店去吃消夜，把她知道的门路讲了一点，他姐夫是她的顾客，都算是赠品。

然后，她打一个哈欠。

"我送你回家。"

志高点点头。

"敝公司急需要你这样的人才。"

"可是，我自己也有公司。"

冯国臻搔着头，说："明日上午你要休息，下午，可有什么好去处？"

"唏，不外是摩罗街看古董，喝杯英式下午茶，替女眷选购最新款皮鞋手袋。"

"就这样说好了。"

他送她到公寓，依依不舍，终于话别。

志高想，有些人，你巴不得他会进来喝一杯咖啡，聊到眼皮抬不起来为止。

有些人，你却不会那样做。

应酬是极之耗神的事，迟些日子，年老色衰，恐难以胜任。

她睡着了。

第二天，子壮的电话把她叫醒："志高，看新闻，美国政府判决微软垄断有罪，下令拆散微软。"

"呵。"真是大新闻。

"手上的科技股票要抛掉一点了。"

志高一边刷牙一边听新闻报道。

反对分拆的分析员这样说："这等于叫麦当劳把汉堡包与薯条分开出售，强人所难，行得通吗？微软对电脑科技功不可没，带领世界进入新领域，今日，一大帮无知的法官与律师却做出这种裁决。"

可是，拥护政府的专家却这样说："从视窗九五起，政府一直警告微软，直到九八、二零，其均不理不睬，继续将网络浏览器附加硬件之内，暴利达到百分之八十，分拆之后，可增加竞争，消费者当有选择。"

门铃响了。

志高披上白毛巾浴袍去开门，原来是冯国臻，她说："请看新闻。"

"呵，富不与官斗。"他坐在志高身边。

"所以要官商勾结。"她笑了。

"你怎么看？"

志高说："我早弃用私人台式电脑，它们又钝又大又慢，我选用掌上电脑。"

"给我看看。"

志高把尺寸如香烟盒子的掌上电脑交在他手中："还未完美，它要靠无线电话接驳国际网络，对我来讲，已经足够，程式员及绘图员可能嫌小。"

"哎呀，考场中有一只这样的法宝作弊会无往不利。"

志高又笑。

刚起床的她嘴角还有牙膏迹，非常可爱。

她问："咦，已经下午了吗？"

"差不多。"他嘻嘻笑。

志高看看钟，才上午十点半。

她请他吃早餐，厨房里全部是各式小型机器，煮蛋器、窝头饼制造器、卡普千奴咖啡机、面包机……冯国臻最喜欢一个自动磨豆子兼煮滚的机器。

"姐姐最爱喝新鲜豆浆。"

"这机器从温哥华带来。"

"怎么从西方倒流？"他大奇。

"哎，新华侨财宏势厚，洋人不得不诚心侍候。"

"那么，本市买不到？"

"我只用过一次，送给你可好？"

"那我不客气了。"

"我自己搞设计，所以对这种小玩意最感兴趣。"

自制面包出炉，冯国臻吃了很多。

他忽然说："我不走了。"

"什么？"

"我从没吃过这样香的面包，从没见过这样潇洒的公寓，从没碰过你这样可爱的人，我不走了。"

志高笑："你真会说话。"

"我是诚心诚意这样想。"

他走到绘图桌前看她的设计，那是一款背带，小孩改缚母亲胸前，身体面孔朝外，可看风景。

"你很为孩子设想。"

"他们真苦恼，我曾在商场见过约六七个月大幼儿，穿厚衣戴手套躺在婴儿车里，动弹不得，眼睛只看得到天花板，嘴里有奶塞，我过去看他，他用眼神向我求救，我致歉：'对不起小人儿，我不能救你。'回来，设计了这一款背带。"

冯国臻笑得弯腰。

志高换上便服："出去吧。"

他恳求："让我多坐一会儿。"

终于，由她开车载他到处游走，又帮他去名店买时髦服饰，冯君满载而归。

"这是我一生中最开心的假期。"

"真没想到新加坡人这样会讨人欢喜。"

"从来没有人对我这么好，女生都嫌我天生迟钝，不懂侍候她们，你却反过来照顾我。"

志高微笑："她们有眼无珠。"

"允许我再来看你。"

志高吁出一口气。

她同他到赤柱大街吃充满法国风情的越南菜。

"这些地方并不稀奇,有你做伴,才与众不同。"

志高说:"我只会上班工作,像部机器。"

才说到这里,忽然间,胃酸上涌,忍都忍不住,用餐巾捂着嘴,把食物呕吐出来。

"对不起。"志高从来未试过这样尴尬。

她连忙到卫生间清理,发觉镜中自己脸色煞白。

他在门外焦虑地等她:"陪你去医生处可好?"

"累了。"她轻轻说。

他连忙付账与她离去。

他告诉她:"我明天一早回去。"

"祝旅途愉快。"她与他握手。

"谢谢你。"

"有空来看我们。"

那日半夜,志高胃部又不舒服,起床坐了半夜。

夜静,她心灵通明,电光石火间,她抬起头,想到一件事。

第二天,去公司之前,她到自助药房去买一套检查器。

到公司,偷偷收到手袋里。

子壮进来说："昨天到什么地方去了，整天找不到你。"

就在这个时候，助手敲门："邓小姐，凯菲躲在洗手间哭个不停，我们有点担心。"

子壮看着志高，志高叹口气，她们预料的事终于发生了。

世上哪有花好月圆，良辰美景，心想事成。

志高推开洗手间的门："坐在大堂哭好了，干吗躲在洗手间？"

凯菲抽噎不停。

志高拥抱着她，扶她到房间坐下。

她伏在办公室内，像一个无助的孩子，除了哭，什么都不会做。

子壮走到她身边："抹把脸，站起来。"

凯菲好似没听见。

子壮大喝："站起来！"

凯菲惊呆，看着子壮，颤巍巍站起。

"为了一个忘恩负义不知好歹的瘪三，你打算从此滚到阴沟去烂掉？站起来，生活得更好，不是为着示威，而是为着自己。"

志高也说："与其供别人读书，不如你自己进修，我支持你。"

凯菲本来是聪敏女，当头棒喝，她忽然明白了。

她握紧拳头，过了一刻，她说："我出去做事。"

"今天要加班，不准回家自怨自艾，伤春悲秋，还有，中午工程部同事生日，一起吃饭，记住强颜欢笑。"

"谢谢邓小姐。"

她出去了。

"可怜。"子壮看着她小小背影。

"替男友交学费的女人，从来不会成功得到幸福，她又怎会例外。"

"假使我是男人，我也怕对着恩人过下半辈子。"

"事情从开头就已经做错。"志高叹口气。

"为什么女子有那么多机会犯错？"

"我也见过命苦的男人：终身工作，薪酬奉献家中，女方无比花费，一元零花也没有；三个用人，四个孩子，两辆车子……"

"哟，这不是在骂我吗？"

"不，不是你，"志高笑，"你自己结账。"

稍后，凯菲透露，男友找个借口向她摊牌，说已经爱上表妹。

子壮想一想问："他读什么科目？"

"会计，供了他五年。"

"祝他一辈子计错数，娶错人，搭错车。"

志高别转面孔笑，半晌说："下次，找个会照顾自己的男友，你没生过他，他又没生过你，干吗要负责他的生活费用，现在，奴隶已获自由，时间用来进修，金钱可以防身，从头开始吧。"

闹了一整天，有同事愿意陪凯菲出门散心，失恋者稍微振作。

志高喃喃自语："搭错车……"

这真是可怕的惩罚，志高家境普通，上学乘电车，若上错车，去到不同的地方，又没有多余车资，那真得喊救命，她总是小心翼翼，留意车牌，注意每个站，不像有司机房车接送的同学，尽管在后座读笔记。

今日，她又有搭错车的感觉。

回到家，取出那套检查器，看了说明书：红色有，蓝色没有，三十分钟后便知分晓。

志高不是无知少女，她并不觉彷徨，她会应付后果。

半小时后，她去看结果：红色。

志高立刻拨电话给她的妇科医生。

"朱医生诊所？我是邓志高，想立刻来见朱医生。"

"邓小姐，朱医生在医院接生，最快要明早。"

"明早九时可好？"

"医生要十一时才来，"看护见她那么急，忍不住问，"邓小姐你什么地方不舒服？"

"明日十一时我会来见医生。"

那天晚上，她没睡好，忽然觉得孤苦，那感觉像中学等放榜看有无资格拿奖学金，分数够的话，才能升大学，否则，就得做售货员或是写字楼文员，家里可没有能力缴学费，更无可能送她到外国。

有些同学成绩差，一早去了美加，还振振有词：本市教育制度失败。因有财力支撑，他们的人生没有失败这两个字，条条都是大路。

放榜前一夜同今晚一样，整个前程压在她肩膀上，透不过气。

本来，陈年往事都已忘记，不知怎的，这一刻又全部鬼魅似的回来，搭住她脖子不放。

清晨，她照常阅报吃早餐，出门上班，准十一时，朱医生的电话来了："志高，什么事？"

志高想一想："我们面谈。"

她步行到朱医生诊所。

朱医生真好涵养，一点也没有惊讶神色。

"是意外吗？"

"吓了一跳。"

"意外惊喜，志高，将错就错，快快筹备婚礼。"

志高不出声。

医生轻轻说："你回家考虑清楚，再来看我，最好十天八天之内有个决定，千万不要拖延。"

"我都知道。"

"此刻一切正常。"

"谢谢你朱医生。"

回到公司，只见大家喜气洋洋围住一位女同事，并争相走告："是双胞胎，两个都是男孩。"

"公司免费赠送所有产品。"

"兼多一倍产假。"

"本公司旺才旺财。"

"有一度添丁不受欢迎，现在又转变风气，职业妇女越来越不愿生育，孩子又显得矜贵。"

子壮过来说："志高，你面色不大好。"

"明日记得将粉搽厚些。"

"真的，"子壮感慨，"薄妆快不行了。"

下午，接近下班，志高忽然有说不出的疲倦，伏在桌上，电话都不愿听。

助手去告诉子壮："邓小姐肠胃不舒服，不知是否吃了不新鲜的鱼生。"

子壮过来看她："志高，去看看医生。"

"我刚从朱医生处回来。"

子壮是三子之母，经验十足，忽然醒悟，不禁露出微笑："还不快通知王乙新。"

志高不出声。

"这不是闹意气的时候，我去告诉他。"

"你出声，我与你绝交。"

子壮才不怕她："哼，谁稀罕你的友谊，志高，事不宜迟。"

"不！"

"你俩连孩子的大学学费都早已准备妥当，有什么解决不了的问题？"

"这是我个人的私事。"

子壮没好气："倘若是无性繁殖，当然是你一个人的事。"

"子壮，请给我时间。"

"你要时间来干什么？切莫得福嫌轻，这次不要，下次就轮不到你了。"

"我想过了，还真不是时候。"

子壮凝视她："什么才是最佳时机？"

"你把事情看得太简单，子壮。"

子壮叹口气："看你们有无缘分了。"

"我知道你爱小孩，子壮——"

子壮轻轻退出她的房间。

志高回家去。

她已经决定了，与朱医生通电话："我未准备好。"

朱医生沉默良久，才说："那么，下星期一傍晚，你到我诊所来。"

"六时整，我散了会立刻来。"

裁决后却没有欢欣神色，她开了一瓶啤酒，对着瓶口，本来想喝一大口，忽然觉得或许还是喝豆浆或牛奶好一些。

她犹疑，躺在沙发上，看着天花板。

一个人住惯了大单位，墙壁全部打通，根本没有保姆房间……

门铃响了。

志高一看，是王乙新，她恼怒，甄子壮这人该杀。

"开门，志高，不然我会吵到邻居报警为止。"

志高想说清楚，开了门，王乙新满头大汗，一进来就举起双手。

"志高，请你原谅我，我什么都可以改过，再给我一个机会，别叫我终生抱憾，你要什么保障我都可以给你。"

志高吃惊，她从未见过他满头大汗，诚惶诚恐。

"志高，别惩罚我。"他忽然呜咽。

原来，这是他的死穴。

"志高，我们立刻去注册，然后在家陪你好好休息，我会请假一年，我们一起度过这段宝贵时间。"

他像一个生意濒临破产到银行借贷的商人，生死关头，青筋都凸现了。

这倒是他的优点，这样爱惜小生命毕竟是难得的。

"我等这一日已经良久，志高……"他激动得说不下去。

他自己取出一罐啤酒，一下没拉开，再用力，啤酒喷出来，溅了他一脸，狼狈不堪。

他丢下啤酒掩起面孔。

志高一直静静看着他。

垂头的他头顶发层有点稀薄，愁苦的表情叫他看上去十分奇怪。

这是王乙新吗？

不认得了。

他终于慢慢镇静下来。

"志高，你有意见不妨坦白说出来。"

"我自有主张。"志高微微笑，她已经把心扉关上，"你请回吧。"

"这是什么意思？"

"我的私事我会料理。"

"你拒绝？"他倒抽一口冷气，"我——"

志高很诚恳："我只能说到这样，你有点误会，回去想一想，你会明白。"

她打开了门。

王乙新瞪着她："我会像子壮说的那样，慢慢使你回心转意。"

"子壮吃屎。"

志高一腔怒火完全转移到伙伴身上，真没想到这人越老越往回走，盲塞[1]，竟插手干涉他人私隐，她自家一屋是人，同保姆姐妹相称，大眼对小眼，无分彼此，成了习惯，没想过别人的生活需要极大空间自由。

志高把王乙新推出门去。

做完这些事情，她也出了一头汗，忽然觉得乏力。

这样下去还怎样办事，更加添增了她的决心。

这时，咚咚咚有人急促敲门。

志高去看，原来是子壮。

本来她已经很累，想叫这多事的好人离去，可是子壮不比别人，有事还是说清楚的好，即刻除了心病，明天又是好拍档。

---

[1] 广东方言，闭塞。

她打开门。

谁知子壮心急慌忙，手里抱着幼婴："志高，帮帮忙，两个保姆不知吃错什么，上吐下泻，我要送她们去医院看急症，维樱交给你看管一小时。"

"喂喂喂，我不懂——"

"一两个小时我马上回来。"她把孩子塞到志高怀中。

司机把一只篮子交给志高，立刻陪女主人离去。

志高害怕，连忙进屋把孩子放在大床上，四边用枕头围住。

忽然，幼儿哭了。

志高定一定神，过去看她，轻轻抚摸她难得浓密的头发，幼儿得到安慰，渐渐安睡。

篮子里有她的日用品，平时志高都见过，也会用，难不倒她。

她躺在幼儿身边读起小说来。

一小时过去，子壮打电话来，气急败坏："怀疑是霍乱，正在化验，倘若不幸中招，全家需要隔离，连你在内。"

志高却问："幼儿几时喂奶？"

"每四小时。"

"那是几点？"

"只有保姆知道详情。"

"你严重失职。"

"这个时候，不要做无谓检讨，她哭你就喂她，医生出来了，稍后再谈。"啪一声挂线。

真可怜，几乎就变成难民。

志高先把奶粉整理出来，照说明书那样冲好，全神贯注，像做实验，刚准备妥当，幼儿大哭起来，肚子饿的时候，哭声完全不同。

志高轻轻抱起，喂她食物。

呵，难得做一次女人，假使真的可以什么都不理，光是躲在家中，与一个幼儿相依为命，倒也是好事，只是她们都没有资格只做女人。

她们非得兼做男人的工作不可，一旦上手，亦不愿放弃。

小小孩子很快喝光一瓶奶，志高在这样简单的一件事上竟然得到极大满足，她帮幼儿坐起来，轻轻拍她背脊，哗，这么一点点大，路途遥远，不知几时才会开着小跑车去读大学，然后控诉父母不了解她。

志高老是希望有一只温柔的手会轻轻抚摸她的额角鬓发，故此想象幼儿也会喜欢，果然，小小孩露出开心的样子来。

彼此正在享受，好景不长，志高闻到一股味道，呵，考验来了。

她先把必需品取出来，一大盒湿纸巾候用，过得了这关，又是一条好汉。

她轻轻解开幼儿衣服，打开后，几乎没有勇气继续，最好立刻包回原状，可是志高深深吸一口气，以最快动作打理得干干净净。

她简直为自己骄傲，洗完双手回来，又把维樱抱在怀里。

电话来了："唏，志高，幸亏只是急性肠胃炎，有惊无险，我们这就回家了，维樱怎么样？"

"很好，不用担心。"

"多亏你，稍后我来接她。"

"不要紧张。"

"可有哭闹？"

"从没见过更乖的孩子。"

"最乖也需全天候二十四小时服侍。"

有人叫她，子壮又挂上电话。

志高与幼儿说话："我们做些什么好呢，你可要认字母，抑或听故事？不如看卡通，来，扭开电视，咦，你不轻啊，阿姨本就是一只负重的骆驼……"

比自言自语健康得多了。

幼儿伸手摸她的脸庞，志高忽然流下热泪。幸好这时门铃响了。

"你妈妈回来啦。"

门外是筋疲力尽的甄子壮。

志高这才想起："朱太太，你的另一半在哪里？"

"在家安抚另外两个男孩呀。"

她跌坐在沙发上。

"朱太太，保姆生病当是你的世界末日。"

"司机转头来，我已经找了替工，特别看护明日来暂代。"

"你告几天假吧。"

"明后天我都得见客，不能休息。"

志高摇摇头："那样忙，是为什么？"

"志高，这也是一种恐惧，一些妇女什么也不做，光是衣着亮丽往人群里跑也是一生，真叫人害怕。"

"啐，人家不知多享受。"

这时司机回来接她们母女，志高依依不舍把幼儿交返子壮，手一轻，怀抱突觉空虚。

"我走了，你自己多多保重。"子壮丢下这句话才离去。

一转头，志高啼笑皆非，小小客人逗留了两个小时，平日整洁的家已经堆满杂物垃圾。

志高开大窗透气，把幼儿日用品归还篮子内，又把废物丢掉，奶瓶冲洗。

她双臂酸软，倒在床上，耳边还似听见小小人嘤咛。

星期一，志高坐在医务所。

医生问："你准备好了没有？"

志高怔怔沉思。

"假使你还在考虑，你还没有想清楚，这件事容不得半丝矛盾，否则你会后悔终生。"

"你说得对，医生，我做不到。"

医生点点头："我明白。"

志高站起来告辞。

朱医生微笑："下个月三号请来检查身体。"

志高点点头。

走到街上，心情完全不一样，现在，感慨中带着宽慰。

她踱步返回公司，过了下班时间，街上仍然人来人往，志高正在想，最好告一年长假。

子壮还没走，看见她冷笑一声："凯菲说你到医务所去，你这个毒妇！"

志高看她一眼，不出声。

"你真做得出来。"

志高轻轻说："子壮，你需找人替我，我将告长假，一心不能两用。"

子壮怔住："你——"

志高摊摊手。

子壮错愕，跟着走近她，握住她双手："不要怕。"

志高叹口气。

"生命中充满意外，以你的能力，一定可以顺利过关。"

志高轻轻坐下来，张开嘴，又合拢，不知说什么才好。

"我一直上班到最后一天。"

志高说："我记得那日你还回公司来查看电邮。"

"多英勇，可惜没有勋章。"

"我们下班吧，今日真长。"

"志高，有一件事拜托你。"

"喂，我才要请你多多帮忙呢。"

子壮一本正经地说："经过昨天，我才发觉急忙中唯一真正信任的人是你。"

"你朱家一大堆亲戚。"

"平日已看我们不过眼，巴不得有机会幸灾乐祸，不不，我不敢劳驾他们。"

"那么，来烦我好了。"志高微笑。

"开头还以为你真的不喜欢孩子，有个顾忌，现在，遗嘱中已写明你是监护人。"

志高自己也有遗嘱，不以为意。

"哗，这么大一顶帽子飞过来。"

"孩子们那么小，真是挂心。"

"咦，你怎么了，说些什么？"

"来，走吧，两个保姆已经可以工作，承认结伴在街上吃过海鲜粥，于是厨子洗脱罪名，合家相安无事。"

志高忽然说："我的事，请勿宣扬出去。"

子壮说："对不起，志高，我是一时情急。"

志高又设计了好几件婴儿用品，其中有特大洗脸盆，可兼替新生儿洗澡，枧液及爽身粉等容器全部装入墙，一按即用。

下了班，子壮陪她逛婴儿服装店，志高十分不满："太花哨了，不实用，价钱贵得脱离现实。"

"志高，不如你来设计，我去找制衣厂。"

"一定要价廉物美。"

"对，小大衣干吗要几千一件，像抢一样。"

"美国有个牌子，叫'岬'，品质还算不错，不过仍然是中价货。"

"宣传费昂贵，全国性销售，广告遍登杂志，通通转嫁顾客。"

谈来谈去，不离生意经。

"我们小量生产，照顾老顾客。"

"厂方不一定答应……"

两人细细地研究有几家厂愿意合作。

志高忽然头痛，不得不回家休息。

"奇怪，我竟这样不济。"她咕哝。

一眼看见子壮似笑非笑地看着她，立刻明白了，岂止头痛，或是腰酸，将来，还有许多苦头。

"几时复诊，我陪你去。"

"我自己会处理。"

"志高，我也为难，王乙新昨日又来我家坐了一晚，他的确有诚意，我衡量过利害，志高，单亲不好做。"

"你这个人真婆妈，一定要做中间人。"

"志高，无论你拣的是谁，十年之后，剩下来的只是习惯，生活就如此，现实一点。"

"你同朱先生就是这样？"志高诧异。

"是，"子壮大胆承认，"不怕你见笑，但是我对他三角形身段无比亲切，他是我孩子的父亲。"

志高轻轻说："不适合我用。"

子壮只得做最后努力："他也有一半份。"

志高摇摇头："不，不是他。"

子壮忽然明白了，大吃一惊，涨红面孔，说不出话来。

志高反而松口气："记住，以后，不要再提王乙新这个人。"

子壮把她送回家，一直没有再说话。

志高松口气。

就在那天晚上，志高做了一个梦，她在大海遇溺，擅泳的她遭游涡吸紧，用力挣扎，忽然间，海水转为血红。

她惊醒，浑身冷汗，立刻知道不妥，开了灯，只见床单颜色同海水一样。

她打电话给朱医生。

朱医生声音镇定："我十五分钟可以到你家。"

这短短一刻是志高一生中最难度过的时间。

朱医生来按铃，她去开门。

朱医生叫她躺下，检查一下，立刻说："入院。"打电话叫救护车。

她握着志高的手，志高异常镇静，一声不响，只是脸色煞白，没有一丝血色，幸亏没有镜子，否则她自己一定先受惊吓。

途中志高昏迷过去。

醒来的时候，在医院病房。

医生转过头来："志高，觉得怎么样？"

"不要通知任何人……"

"只我一个人知道，放心。"

志高接着说："我——"

"我替你做了手术，你无恙。"

"但是——"

"志高，你还年轻，有的是机会，将来，在一个比较好的环境，比较适当的时刻，你会得偿所愿。"

医生紧紧握住她的手。

志高别转面孔。

医生亲手替她注射："可要向公司告假？"

一言提醒志高，真的，不见了她，子壮会敲锣找，子壮不会让她默默消失，老好子壮。

"我代你知会她可好，你需要友情支持。"

"我自己会找她。"

"那我先回诊所。"

天已经亮了。

志高心里像是穿了一个大洞，手可以伸过去，直通背部，她垂头看着这个孔，用手扯紧衣襟，万分惶恐，怕旁人看到丑陋的秘密。

一切努力都像是白费了：少年时挨更抵夜勤奋读书，

成年后苦心孤诣创业……加起来不值一哂，怎样都无法填充空虚，志高堕入谷底。

她昏睡过去。

有人在耳边轻轻叫她，她不愿回答，她根本不愿醒转，她小小声同自己说：邓志高，你要做的事已全部做妥，尽了全力，不能做得更好，再做下去也没有意思，不过是日出日落，枯燥重复，你在世上的卑微任务已经完成，不必再醒过来。

"志高，是我，子壮，志高，请你醒醒。"

这讨厌的子壮，叫魂似的，不住骚扰，她微微睁眼，看见子壮伏在她身上哭。

志高不禁好笑，这是干什么，如丧考妣。

看护过来同她说："病人会全部康复，你别担心。"

子壮看着好友眼眶深陷，皮肤发灰，一夜间，像老了十岁不止，子壮心酸，一个人的希望死了，肉体也跟着衰亡，她悲从中来。

志高说："我想回家。"

看护说："你暂时未能出院。"

"这房间太光亮。"

看护放下窗帘，但是阳光仍然自缝隙渗入。

"真想回家洗个澡。"志高烦躁。

子壮说："我问过朱医生再说，你且忍耐一下。"

朱医生稍后进来，轻轻劝志高："我介绍一个心理医生给你谈谈。"

志高大奇，冷笑说："我在大学副修心理学，我无须任何人照料，我要出院。"

她掀开薄被站起来。

子壮阻止不来，只得陪她回家。

"我差一个用人来服侍你。"她急急拨电话。

不知怎的，志高觉得她从前至爱的公寓太大太空，不着边际，像一个公众地方，叫她害怕。

床褥一片凌乱，还未有人收拾，子壮即时帮她拉下来："枕头套床单放在什么地方？"

志高自顾自放水洗澡，水滚烫，浸下去。

子壮进浴室，放掉热水："医生说只准你淋浴。"

子壮强拉好友起来，叫她坐小凳子上，帮她刷背。

志高坐在莲蓬头下闭上双目一声不响。

"原来你似皮包骨，这样瘦我都没发觉，真没用。"

用人来了，子壮指挥她收拾地方，又把她带来的热汤盛在杯子里放吸管叫志高啜饮。

志高摇头。

她央求："像喝水一样，不需要胃口，来，添些力气。"

女佣抱出脏床单，子壮说："晦气，全丢掉。"

志高说："让我静一静。"

子壮悄悄取过她的钥匙，打算复制一套："我明早再来。"

她们走了以后，志高满屋找地方栖身，忽然拉开杂物室的门，小小的，里边放着洗衣干衣机，没有窗，一片黑暗，找到了，志高松一口气，就是这里安全。

她蜷缩着身体躺下来，像一个胎儿那样四肢紧紧靠近，志高忽然哭泣。

她不怕会有人听见，哭得疲倦，她睡着了。

第二天早上，子壮拿着钥匙开门进来，没看见志高，心里打一个突，到处找过，以为她出去了，坐在安乐椅上发呆。

正想离去，忽然听见杂物室有声响。

她走过去拉开门，"天哪，"子壮蹲下来，"你在这里痛哭失声。"她把志高抱在怀里。

她马上通知朱医生赶来。

志高见到阳光，十分不安地挣扎，子壮用一块湿毛巾搭住她焦裂的嘴唇。

"志高，不是你的错，一切可以从头再来。"

平日趾高气扬，精神十足的志高今日溃不成军。

"回答我，志高。"

志高真想关进杂物室一辈子在那里度过直至腐朽，但那是最懦弱的选择，人生道路从来不会那么容易，她心底有一丝天良未泯。

她声音沙哑："子壮，给我一点时间，我会好起来。"

一说话，干燥的嘴唇裂开，血丝渗出来，邓志高看上去像第三世界的战俘，子壮泪如雨下。

朱医生到了，冰冷地说："志高，羞不羞，读那么多书，做那么多事，为着一点点挫折，倒地不起，太纵容自己了，你想就此结束一生？太理想了。"

子壮去扶她。

"志高，起来。"医生喝她。

志高跌跌撞撞坐好。

"这是心理医生周氏的名片，你随时可去找她，到此为止，除却你自己，没人能够帮你。"

虽然这样说，还是替志高注射。

子壮心痛地说："有人进了小黑房一辈子不再出来。"

"是，闲人还嫌他死得不够快，一味称赞他孤清脱俗。"

"我担心志高。"

"她不一样，她勇敢，她会抗争到底。"

子壮长长吁出一口气。

朱医生转头说："志高，去上班工作，那会帮到你。"

志高颓丧地摇头。

"你不是工作狂吗？"

她嚅动嘴唇："我听见嘲笑声，每个人都笑我失败。"

"谁敢笑你，我有笑你吗？"子壮问。

"也许你不会，但其他人一定笑。"

朱医生问："你在乎吗？"

子壮代答："她也是人，当然也紧张人家怎样看她，平日有精神，装作不屑，现在养病，意志力薄弱，妖魔鬼怪都打过来，可是这样？"

志高点点头。

"养好身体最重要。"

志高躺在沙发上闭紧眼睛。

朱医生说："许多女性遇到这件事都会情绪失常。"

子壮抬起头："男人呢？"

医生一怔。

子壮叹口气："有时，我庆幸家中多男孩。"

朱医生没有答案。

傍晚，志高醒来，公寓静寂一片，厨房有用人在轻悄工作，她呆呆地站起来，沿墙壁走一趟。

这身体又一次拖累了她。

她像幼儿学走路一样，扶着墙缓缓一直走到窗前凝视。

女佣警惕地过来说："邓小姐，喝点汤。"像是怕她跳楼似的。

在长窗玻璃里，志高看到自己枯槁的容颜：皮肤灰败，头发干枯，她伸手去摸面颊，呵，可怕，她虽然一直不是美人，但也端庄清秀，蛮有气质，一惊之下，她坐倒在地上。

女佣连忙将她扶起。

"这碗鸡汤全撇了油，邓小姐你喝一口。"

志高知道这是一个关口，如果想活下去，就得好好照顾自己，否则，后果堪忧。

她缓缓喝下汤。

"来，添点银丝面。"女佣鼓励她。

志高忽然落下泪来。

"别难过，伤心最坏身体。"

志高觉得幸运，连子壮的女佣都这样关怀她。

门铃一响，女佣去开门，原来是子壮抱着小维樱进来。

她一边说："不敢见人，怕人嘲笑，维樱不会笑人，你同维樱做伴吧。"

那小小孩子看到志高，倒是不嫌她病容，认得她，伸出双臂："妈。"

"对，这是志高妈妈，将来你出嫁，她负责一半妆奁。"

志高点头。

"没有嫁妆，行吗？"子壮叹口气，"虽不至于像一些不幸的印裔妇女那样被夫家虐死，却也吃苦。"

志高没有意见，维樱坐在她怀中，她四肢渐渐暖和。

子壮知道她做对了。

本来还怕幼儿出现会刺激志高情绪。

"呵，有银丝面，来，志高，你与维樱一人一碗。"

小小孩子忽然说："多耶。"

志高没听懂。

"她不会说维多利亚，一味只叫自己多耶。"

志高已经很满意："是天才。"

子壮却感慨："真有那么多天才，世界为什么仍然沉沦？"

"公司最近怎么样？"

"放心，你多休息几天好了。"

"真是，谁没有谁不行呢。"

"你别多心，一位冯先生，听说你病了，非常焦虑。"

"呵，他。"

"好像又不起劲，当心拣拣拣，终有一日拣个烂灯盏。"

志高忽然笑了。

但是苦涩干瘦的笑容同哭脸差不多。

子壮不禁害怕，好友还会恢复原状吗？

到底还年轻，邓志高又活转来。

可是，有两公斤体重永久流失，她比从前更加纤瘦，却受子壮等人艳羡。

在心理医生周芷湘那里，她透露心事。

她同医生说："我看见那孩子，一点点大，有一头浓发，对着我微笑，并不责怪我。"

医生不出声。

"她有同伴，十多个小孩一起玩耍，不像是太寂寞，并不争吵，都很懂事的样子，当然，一早遭到遗弃，还是乖巧一点的好。"

医生说："你太敏感，想象力太过丰富。"

"可是这件事会伴随我一生。"

"每个人都有伤痕。"

"我太不小心。"

"还是少读几年书的好，知识水准低的人较少内疚。"

志高笑了。

周医生问："你的感情生活怎样？"

"空白一片。"

"找个男伴会好过一些。"

"医生，你可有男友？"

医生笑了："有。"

"他是怎样的人？"

医生对病人很坦白："我有两个亲密男友。"

"真的？"志高跳起来。

"一个比我大十岁，在银行任职，替我打理税务及投资，帮我很多。"

"另一个呢？"志高好奇。

"比我小十岁，我们天天黎明一起跑步。"

"哗，"志高艳羡，"他们知道对方存在吗？"

"不，为什么要知道？"

"你不觉技巧上有困难？"

"完全没有。"医生笑笑。

"那太好了。"志高赞叹。

"人生很短，尽量享受。"

志高长长吐出一口气。

"可是忽然想结婚成家？"

"是，很倦，想落地生根。"

"上一代巴不得有你们这种自由。"

谈话到此为止。

下一位客人是个秀丽得难以形容的女郎，面熟，志高蓦然想起，她是一位著名歌星。

什么都有了，所以心理不平衡。

志高忽然笑起来。

她的肌肤渐渐恢复弹力，头发经过死命维护，又有了光泽，美容院账单送上来，五位数字。

秘书凯菲又找到了新男友。

仍然非常年轻，她喜欢照顾人，又走上老路。

志高大胆问她："你不害怕？"曾经被蛇咬，应该怕绳索。

她笑笑："没付出没收获。"

志高点点头："年轻好吗？"

凯菲直爽回答："当然，精力充沛，灵活应变，朝气可爱，男人一到中年，暮气沉沉，再过几年，荷尔蒙产生变化，若没有事业，更加固执僵化，很难侍候。"

志高吃一惊，没想到她人生经验那样丰富。

"要变的话，比你大七十岁的男人，一样会变。"

志高被她逗得笑起来。

"听见了吗？"子壮说，"一点包袱都没有，这才是年轻人。"

"阿朱比你大多少？"志高问。

"三年，他是我表哥同学，记得吗？"

"为什么传统上男方要比女方大一点？"

"贪他多活了几年，有社会经验，还有，已经在赚钱，收入可支付家用，现在，女方也有能力做到，何必低声下气求人。"

志高点头："听君一席话，胜读十年书。"

子壮却说："唯一担心的是太年轻，说话也许没话题。"

志高有答案："不是每个人都像你我那样爱聊天，也许，人家不是为谈心。"

子壮笑了："是是是。"

下午，一位中年太太来找负责人，问她有什么事，只说是慈善捐募，公司有规矩，凡是上得门来，一律打发三千大洋。

志高刚巧走过接待处，看到那位太太一身名贵衣着，不禁好奇。

她站住问："贵姓，请问是哪个机构？"

那位太太很高兴地答："我姓方，我代表我本人，可以说几句话吗？"

"请到这边。"

志高亲自斟一杯茶。

方太太笑说:"贵公司气氛真融洽。"

志高微笑:"有人说太随和了,不用穿西服套装,职员随时在吃零食,来,方太太,我们的松饼不错,请试试。"

"邓小姐,你们设计儿童用品,不知有否去过儿童医院?"

"我没有经验。"

"邓小姐,你可知早产儿?"

志高点头:"有,医学昌明,二十周大重一磅半的早产儿都可以救活,咦,方太太,你想捐募仪器?"

方太太笑:"我哪有那样高科技,我做的工作十分卑微。"

她打开手提包,取出两块手工缝制的小小被褥。

"咦,很漂亮,谁做的?"

"是我与一班志同道合的女友,已经送出百余张。"

"早生儿不可以盖被子呀。"

"是这样的,邓小姐,他们个子一点点大,躺在氧气箱里,怕亮光,故此用这块被子盖在玻璃纤维罩上,不但实用,且够亲切,看护凭被子上花纹认人嘛。"

"啊。"

"本来医生反对，后来经家长恳求，把被子先消毒，就批准用了。"

"我很佩服，但是，敝公司可以做什么？"

"被褥时时滑到地上，请帮我们设计一下，使它贴紧氧气箱。"

志高立刻说："我愿意效劳。"

"邓小姐，这是氧气箱的尺寸。"

"我做好了与你联络。"

她把方太太送出去。

子壮知道了，摇头说："还嫌不够忙。"

志高说："早生儿，多么奇怪，是提早来世上做人的人。"

"真可怜，父母不知焦急成什么样。"

傍晚，志高斟一大杯咖啡，加班工作，把图样尺寸录入电脑，荧屏出现立体模型，她开始设计，纸样打出来，却不是用手工方便做得出来的。

她模拟了好几个款式，都不太满意，正聚精会神，听见有人叫她。

志高抬起头来，那人背光，长得很高大，她心一惊："谁？"

"冯国臻。"

"呵,是你。"怎么又来了。

"志高,听说你生病,怎么瘦这么多?"语气十分亲切。

志高反而开亮了灯:"下班了,我们同子壮去吃饭吧。"

冯国臻再钝也知道一个女子如果喜欢他,不会急急找女伴来夹在两人当中。

子壮说:"恕我失陪,阿朱一早买了票陪孩子们去看卡通。"

志高说:"啊。"

她胃口很差,只叫了啤酒喝,沉默,每当冯国臻开口,她便下意识礼貌地应酬性微笑。

冯国臻心痛地说:"你与我疏远了。"

志高抱歉地说:"病了一场,人生观不一样了。"

"是否心中有人?"他口气像长辈。

志高摇摇头:"一个都没有,空虚寂寞。"

冯国臻取出纸笔:"刚才无意看到你的设计,其实可用最原始设计,在被褥四边镶上铅线,有了重量,坠在四周,便不易滑落。"他绘图示意。

"呵,谢谢你。"

"浴帘脚都装有铅线，可托装修公司代买。"

"我知道了，之前怎么没想到。"

冯国臻握住她的手："你太聪明了，也许就疑心事情不会那么简单，因此走了冤枉路。"

志高气结："总不甘心不讽刺我一两句。"

"我这次来，是为姐姐姐夫选购一幢公寓，暂时住在表妹家中。"

"你家亲戚，都是富商。"

"表妹清丽乖巧，可是，十分单纯天真。"

"大家闺秀，一定如此。"

"志高，我喜欢的人是你。"

志高微笑："何德何能，蒙你错爱。"

"明天他们家请客吃自助餐，你可要来？"

志高摇头："我怕人多。"

"我也怕，希望你壮胆。"

"下次住酒店，可避免偿还这种人情债。"

"多谢忠告。"

第二天，她还是出席了。

没想到他表妹家那样富裕：独立洋房、游泳池、网球场，人也活泼，见了志高叫声姐姐，热诚招呼。

志高轻轻说："还在读书吧。"

"不，她大学毕业后在父亲公司任董事总经理。"

"如何服众？"

"也许，众人怎样想，根本不是问题。"

志高也笑了。

她什么都吃不下，净饮香槟。

志高打算坐一会儿就走，顺路买材料替早生儿做棉被。

她放下酒杯，向主人告辞。

冯国臻说："我送你。"

可是他表妹把手伸进他臂弯，笑着说："叫司机送邓姐姐出去不就行了。"

志高大方地答："我有车。"

头也不回地走向停车场。

根本是不应该来的，最近老是抉择错误，是精神恍惚的缘故吧。

可是，她又有预感，这次到这华厦来，另有原因。

果然，还没有走到大门口，已经听见有人叫她："邓小姐。"

志高抬起头，看到方太太，呵，原来如此。

"你是碧君的朋友？"

志高微笑："我认识冯国臻。"

"真是稀客，快来这边。"

原来在地下室，有好几张大桌子，几位中年太太正在生产小棉被，说说笑笑，好不热闹，真是好消遣。

"外国杂志知道了这件事，专程来访问我们呢，邓小姐，我们会把服务延伸到儿童癌症病房。"

志高把铅线设计提出来。

方太太立刻吩咐用人把浴帘拆开，她们即席试做几张，效果十分理想。

"呵，真好脑筋。"

志高笑吟吟："试试用豆，也许更好。"

"我们还打算用针织，并且，事先打听病童喜欢什么颜色。"

志高由衷说："孩子们一定十分感激。"

"呵，邓小姐，我们哪儿会什么？既不想到舞会去疯，打牌又打不了那么多，幸亏想到这个主意，不然早就闷死了。"

有一位太太坐近志高："邓小姐，有事请教。"

"叫我志高好了。"

"怎么样维持你这样纤瘦？我出尽百宝，仍然重到百五镑，真懊恼。"

志高笑笑："我病过一场。"

那位太太不敢再问。

方太太关心："志高，是什么病？"

志高答："现在没事了。"

这时，用人捧着饮料及点心下来，话题一下子扯开，太太们小憩，志高告辞。

地库旁边还有房间，志高猜想是电影放映室，好大一间屋子，室内足有一万平方尺，室外又有万多尺，像堡垒一般，足不出户也可消磨日子。

方太太说："我带你参观。"

她推开房门，原来是一间健身室，运动器材应有尽有，一个年轻人赤裸上身倒钩在一座架子上，做拗腰运动。

看见方太太，他叫一声"妈"。

志高一呆，他像极一个人，她吓一跳，本能地别过头去。

"叫邓姐姐，志高，这是小儿沃林，是碧君的孪生兄弟。"

那年轻人倒望着志高微笑，一时没有下来的意思。

志高转身走出健身室。

方太太感喟："屋子大而无当，叫你生闷。"

"方太太你真谦虚。"

"我自己头一个觉得屋大阴森。"

"不，府上阳光充沛，人多热闹，旺才旺丁。"

她说了再见。

走到停车场，冯国臻迎上来："咦，原来你在这里，我到处找你，见你车子又还在，猜想你未走。"

方碧君追上来。

志高说："表妹找你呢。"

忽然觉得好笑到极点，仰起头，对着蓝天白云，哈哈大笑，病后，精神的确有点异常。

她一边笑一边上车去，迅速把车子驶走。

在迂回的弯路上，不久志高就发现有辆白色跑车跟着她，她开的是高身吉普车，一点也不害怕，女性个子小，最好开大车，路上才不会被歹徒欺侮。

这种小跑车贴得越近越吃亏，她一踩刹车，它来不及停，就铲入她的车底。

渐渐驶近市集，看到有花档，志高慢驶，停下。

摊档上有切开一半的西瓜，颜色鲜艳，志高挑一块即席啃食，果汁溅到她白衬衫上也不顾，口渴极了。

边吃边挑了两盒柑橘，又蹲下看一株晚樱花。

正把花果搬上车尾厢，一眼看到那辆小跑车。

司机朝她走过来，呵，正是健身室中那个满身阳光的年轻人。

志高不出声。

他侧着头看她："你不是碧君党其中一分子。"

这算是赞美了。

志高不出声，关上车尾厢。

"那边有个小小露天咖啡座，扮欧洲，可要去休息一下？"

志高看着他英俊的面孔，忽然温柔地答："好。"

他见到有栀子花，摘下一朵，佩在志高耳畔。

因为做得非常自然，志高不以为忤。

他叫了两杯冰茶。

座位侧有紫藤架，绿叶缝中可以看到鸿雁湛蓝的天空，志高忽然想起，大学暑假时在意大利南部塔斯肯尼旅行，也坐在类似的小咖啡店里休憩过，那样好的时光都会过去，志高垂头。

年轻人忽然问："你为什么这样哀伤？"

"啊！"志高伸手摸自己的面孔，轻轻回答，"因为时光飞逝，永不回头。"

"你仍然年轻。"

"因为世上良辰美景实在太少。"

"你需努力寻找。"

志高微笑。

"即使在笑，你双眼仍有愁容。"

不久之前，也有人那样说过。

志高喝完冰茶，说声谢谢。

年轻人替她开车门，看到车子后座有婴儿安全椅，奇问："孩子呢？"他不知那只是公司设计的样板。

志高听了却一愣，垂头不语，是，婴儿呢。

她把车驶走，耳畔的栀子花落下来，本来象牙白的花朵已经变成锈色。

志高知道她仍处在情绪低谷。

回到家，她把花果搬下车，一双手伸过来帮她。

"什么，又是你？"

年轻人笑："我不受欢迎？"

"你跟着我干什么？"

"想了解你多一点。"

"你找错对象了。"

"永不说永不。"

"回家去，在你姐妹的朋友中挑一个消磨时间，直至打算安顿下来，好好结婚生子。"

"我知道你为什么不快乐，你太正经了。"

"讲得不错，再见。"

志高上楼去。

无论怎样，一个年轻英俊的异性跟上门来，仍然叫她高兴。

怎么可以完全不接触异性呢，当然要被他们追求，或是拒绝他们，对他们生气，或是暗慕他们，依恋、痛恨、耻笑他们，以及思念他们。

非得有一个以上的对象，生命才不至空白。

她淋了浴，查阅电子邮件。

有一个奇怪的讯息："你仍然独身，但是渴望男欢女爱，我们或可助你一臂之力，请到以下网页查询。"

志高好奇，按下号码，啊的一声。

"你独坐家中，漫无寄托，凭空痴想悲欢离合，镜花水月，假扮痴男怨女，却不能一偿所愿……"

原来是征友栏，只要付出些微代价，可以阅读寂寞之心俱乐部名单。

志高笑了。

另一栏这样说："想寻找理想子女吗？我们有办法。"

志高决定看一看。

屏幕上字句吸引了她。

"他是一个好人，你不介意他做你的忠诚伴侣，但是，你真想子女像他？只有乙级成绩，又缺乏冒险精神，收入平平，周末只想躲在沙发上看球赛、喝啤酒……我们有解决方法。"

志高看下去。

"本实验室以最新优秀科技帮你，我们提供最佳人选，你可以选择运动员、专科博士、高智商者，甚至富有幽默感的人……"

志高发呆。

"你不能选择父母，是，但现在你能够选择子女。"

接着打出捐赠者种族、学历、身高体重、特征、性格、嗜好。

真没想到有这么多选择。

最后打出医务所地址号码。

"不要迁就妥协，何必在子女成绩表上全是丙级时才抱怨遗传欠佳。"

志高笑出来。

"我们有优秀的人才！"

志高细读人选。

"二十八岁，美籍华裔，哈佛法律学院毕业，喜滑雪及跳降落伞，未婚，身高五尺十一寸，体重一百六十磅，深棕色眼珠及漆黑头发……"

"薄有名气雕塑家，三十二岁，南欧人士，棕卷发碧绿眼睛，身高——"

志高抬起头来。

从前只听见有人抱怨"孩子这么蠢与丑"不知像谁，

现在，就快有人说"孩子既聪明又漂亮，不知像谁"了。

她关了电脑，躺到沙发上。

子壮打电话找她。

"怎么在家里？"

"不在家谁听你电话。"

"我试试你在不在，为什么不出去玩？"

"刚回来，那冯国臻一心向我展示他有个表妹，我见过了，他应当满意。"

"表妹？"子壮也哈哈大笑。

志高松一口气。

"让我听听维樱的声音。"

半晌，志高听见幼婴愉快地说："妈——妈。"

"她在干什么？"

"满地爬。"呵，会运用随意肌了。

"你真开心。"志高由衷羡慕。

子壮静一会儿才说："来，同我们一起去游乐场。"

"我想静一静。"

"那我们上你家来。"

志高连忙说："医生叫我多休息。"

"你且睡一会儿，我们七点钟来接你。"

"喂，喂。"不给她单独胡思乱想的机会。

她忍不住回到刚才的网页上，查到一家没有花言巧语的医务所。

她发出询问："成功率有多少？"

回复："百分之二十五左右。"

别以为四分之一命中率不低，试试把四粒颜色不同的水果糖放进抽屉里摸一颗你心目中的颜色，可能一小时也摸不到。

"过程有无痛苦？"

"很多女士说生理上些微改变完全可以忍受，但是手术失败却使她们精神沮丧。"

志高觉得这家医务所十分坦诚，查看地址，原来就在本市。

"是否百分百守秘？"

"所有医务所均有义务将病历守秘。"

一开始通信，对方已拥有她的电邮号码，选择一家严谨的医务所是非常重要的事。

"我们可以电传详细资料给你阅读。"

“劳驾了。”

资料十分详细，志高第一次接触这方面的知识，看得入神。

小人儿

叁·

知道自己不够聪明是难得一见的聪明。

门铃响了，志高连忙把文件收进抽屉。

以为是子壮及其家人，却是花童，花束小小，一束紫色勿忘我，但是果篮却硕大无比，她挽得吃重。

志高欣喜，谁，是子壮吗？

打开卡片一看，署名方沃林。

啊，是他，他这样写：多谢你陪家母消遣寂寞时光。

志高才放下果篮，就接到子壮通知："维平忽然发烧，虽然只有三十七点八摄氏度，但还是去看过医生较为放心。"

"不来了？"志高松口气。

"一个母亲，只得这些节目罢了。"子壮有点气馁。

"子壮，你不过是压阵，司机保姆一大堆，不算辛苦啦。"

志高拆开果篮，闻到一股清香，她挑了一个石榴，这种水果最难剥，且不好吃，但是颜色真是讨好，石榴籽又像透明的宝石，是志高最喜欢的水果。

篮子一角还有两只佛手，志高连忙用水晶玻璃盘盛放。

她踌躇，那个肌肉发达的年轻人居然还有灵性，抑或，只是水果店老板的心思周到？

子壮稍后来了，一个人，又累又饿，见志高桌上有吃剩的寿司，狼吞虎咽。

"朱太太，你怎会搞成这样？"

"维平喉炎，在医务所等足两个小时。"

"为什么不立刻回家休息？"

"到你处来松口气。"

志高切蜜瓜给好友吃。

"倘若这里也有一个呱呱吵的男人及两三个哭闹的孩子，我不知躲到什么地方去。"子壮说，"幸亏还有你这所清静的寺院。"

志高啼笑皆非："喂，谢谢你。"

子壮搁起双腿，暗笑道歉："对不起，我似过分了一点。"

闲聊了一会儿，司机来把她接返红尘。

志高把佛手放在床头闻它的清香。

第二天，志高出门到厂家去看一种尼龙料子，整天不在公司，下午回到公司，发觉白衬衫上多了许多黑印迹，其中有明显的手指印。

稍有洁癖的她不禁口出怨言。

子壮笑："幸亏没有孩子，否则还得用手整理排泄物。"

秘书听见也笑："还好不是吃饭时候。"

志高问："有谁找过我？"

"一位方太太，邀请你今晚七时去社区老人中心跳舞，茶点招待。"

"什么？"

"她的留言确是这么说。"

"老人跳舞？"

"年纪大了，也是人呀，也还活着。"

子壮吁出一口气："我几乎放弃了学习肚皮舞。"

因为一场病，志高也缺课，本来还想在肚脐上镶一只钻石环。

由此可见持久的恒心是多么难得。

子壮问："方太太是什么人？"

"一个有慈悲心的好女人。"

"跳什么舞？"

"土风舞吧。"

错了。

反正有空，志高把车驶往社区中心，她没来过这种地方，原来找空位停车还不大容易，终于下车，找到一间礼堂，推开门，被里面热闹的情况吸引。

只见乐队现场演奏，白头老先生老太太双双起舞，都七八十岁了，犹自兴致勃勃，精神十足，步伐轻松地跳着慢四步。

志高不由得微笑。

这种好时光叫作晚晴，非常难得，若不是生活无牵无挂，怎么会有心情来跳舞。

她静静站在一角观察，虽然一时没有看见方太太，也不想离开。

忽然有人在她身后说："美丽的小姐，请你跳一支舞。"

志高一转身，看到一位老先生，穿着整齐的西装，结领花，头发全是银丝，一脸皱纹，怕有九十岁了，彬彬有礼地邀舞。

志高立刻说："当然，我十分乐意。"

他带她到舞池，脚步有点慢，但志高可以迁就，他并不寒暄，只是专心地跳舞。

半支音乐过去，有人搭着他的肩膀，希望他让出舞伴，志高又陪另一位老先生跳舞。

志高突然醒悟，这也是做义工，原来伴舞这样有意思。

她一共跳了三支音乐，乐队忽然奏起轻快的"喳喳喳"，不大会儿，志高退到一旁休息。

看到有果汁，她斟了一杯喝。

这时，她看到了一个人。

啊，是方沃林，年轻英俊的他穿着贴身的西装，正教老太太如何跳"喳喳喳"呢。

只见他全神贯注，无比耐心，一步一步把持着老人手臂，鼓励她们，指导她们，间接使她们得到最佳运动，维持四肢灵活。

志高忽然感动了。

这比送一百束鲜花给她还要见效。

试想，一个条件这样优渥的年轻人，不愁没有去处，他却跑来诚心诚意陪老人跳舞。

因为专心，他没有看到她。

志高却觉得已经相当了解方沃林。

毫无疑问，他的心肠像他母亲。

场中还有其他少男少女帮着斟茶递水，尽一份力，发一份光。

当然不及无国界医生伟大，可是社区也需要这样晶莹的、小小的善心。

志高悄悄离去。

回到家中，她交叉步跳了几下，口中轻轻说"喳喳喳"。

真有意思。

第二天，方太太找到她，一起喝茶时笑着说："从前我也想，唉，我会做些什么呢，捐笔款子算了，不，原来不会什么也可以参与社区活动，得益的是我自己。"

志高一直点头。

"还有一个去处，志高，是到孤儿院探访幼儿，他们没有病，只是希望有大人轻轻抱着他们一个或半个小时，医院人手不够，广征义工，你有空吗？无须特别技能，只要会抱一只枕头便可应征。"

志高笑了。

"周末请跟我来。"

方沃林也会去吗?

志高答应下来。

"我叫司机来接你。"方太太找到了同志。

志高发现了治疗自己的方法。

晚上,她接到医务所的电邮:"读毕资料后,如有兴趣参观我们的设施,请联络预约时间。"

大方简单,没有催促硬销的意思。

志高问:"星期六上午九时可有空当?"

"要到下个月五号才行。"

"人挤?"志高意外。

"是,业务繁忙得超过一般人想象。"

"我接受预约。"

"届时见你。"

呵,那么多人寻求帮助,始料未及。

志高消瘦的那两公斤始终胖不回来,她像是永恒性失去了胃口,据说是这样的:一个人如果不觉得食物可口,吃多少也不会胖,非得享受地"嗯"一声吞下食物,才能长肉。

每月第一个星期六，公司仍然举行"带子女上班日"，这项亲子活动越来越受欢迎。

志高有约。

她出门时听见一位同事问另一位："几时是预产期？"

"八月，很担心天气热坐月子会辛苦。"

"不怕，八月婴儿可穿小背心，胖嘟嘟，多可爱。"

"呵，这倒是真的。"

一下子忘记痛苦。

志高到了医务所，一推开门就点头，陈设简单大方整洁，像一所昂贵的美容院。

立刻有看护迎上来："邓小姐，这边。"

小小一间办公室，私人隐蔽，看护放映一套长约十分钟的影片给她观看。

影片讲解了手术全部程序、成效，以及药物的作用，清楚明了。

看护微笑说："这项手术，不比隆胸或是拉紧脸皮，需要详细考虑。"

"可以选择性别吗？"

"医生不建议那样做。"

"费用呢。"

看护说了一个数目，志高嗯一声，怪不得服务如此周到。

"你心目中，对孩子有什么特别要求？"

志高微笑："像所有的母亲一样，只希望小人儿健康快乐。"

看护也笑："另外，智商一百八十。"

"可有可无啦，"志高感喟，"我仔细观察了许多年，发觉所有比我聪明的人，都生活得比我辛苦，所有资质比我差的人，却比我开心。"

看护诧异了："邓小姐，我们会替你挑选一个乐观开朗的对象。"

志高知道这次访问结束了。

这时，她一抬起头，才发觉小小会议室墙上挂着一幅动画，有趣极了：是许多胖胖的婴儿从一支试管里爬出来。

志高忍不住微笑。

她从另外一道门离开了医务所，从头到尾，没有碰见第三者，安排得真妥当。

回到公司，还来得及一起吃茶点。

她与大孩子玩益智问答游戏，奖品丰富。

"火星的卫星叫什么？"

"谁重新计算了牛顿的万有引力公式？"

"中国神话中八仙是些什么人？"

"世上第一部小说叫什么名字？"

"哥伦布为什么叫北美土著为印第安人？"

有一个十岁男孩真聪明，所有答案他都知道，很明显，他好奇，有求知欲，而且用功求证。

也许，聪敏也是必需的，耳聪目明是一种私人享受，试想想：看到的听到的领悟的都比常人较多，得天独厚，因此料事如神，多么开心，这真是一种奇妙的天赋。

那孩子捧着大堆奖品，其他人也都有安慰奖。

志高刚想回家，接了一个电话。

"志高，我是方阿姨，你可以来华通大厦七〇五室吗？我们在开会，口才不够，尽失上风，请你帮忙。"

志高觉得好笑："是什么会议？"

方太太匆匆地在电话中解说了一会儿。

志高变色："我马上来。"

她立刻取过外套手袋出门。

华通大厦就在附近。

七〇五室门外挂着"海景墓园"招牌。

志高推门进去，接待员把她带到会议室。方太太与同伴看见她，像见到救星一般开心。

"志高，这位是海景的代表丘先生。"

那中年的丘先生笑容可掬："生力军驾到，可是，我们这价钱已经是最便宜了，从无客人得到过这样的优惠。"

志高声音里有真正的哀伤："可是，这一次的客人，没有亲人，没有财产，他们甚至没有名字。"

丘先生动容，沉默。

"他们不会说话，不懂争取，没有声音，他们来到这世上，只短短一刻，又回转天国，我一直想，他们大抵就是上帝身边长着翅膀的小天使，医院把他们肉体焚化，集中起来，每三百名始得一穴，因经济问题，无法不出此下策。"

丘先生神情开始呆滞。

志高说下去："这几位太太觉得不忍，因此恳请你们鼎力相助，共襄善举，拨出一角园地，让幼儿得到归宿，可惜善款有限，请你包涵。"

丘先生鼻子通红，半晌他说："邓小姐，你好辩才。"

"我?"志高温和地说，"我不认识那些小生命，方太太许太太邹太太也不认识，同你一样，我们愿意出一点力。"

丘先生吃一口气，在纸上写一个数目："我最后底价，不能再低了。"

志高一看，给方太太过目："怎么样?"

"还差一点。"

"这样吧。"志高说，"由我补足好了。"

方太大阻止："不可，你们女孩子的私蓄有用，由我来出。"

诸位太太也争着说："我们先签约，付了首期，再想办法。"

"对，虽然这类捐募不好开口，但一定有办法，总比戴一枚金丝钻更有意义。"

就这样决定了。

志高对丘先生说："谢谢你帮忙。"

丘先生送她们出去："方太太，星期一随时来签约。"

方太太握着志高的手，半晌说不出话来。

各位太太散会回家。

志高说："不是你说，我真不知有这样可怜的事。"

方太太感激地说："碧君像你就好了。"

"她不错呀，身体健康，快乐生活就是孝敬父母了。"

"真的，还想他们卧冰求鲤乎。"

志高心里却似坠着一块铅，有点不舒服。

转头，她把这件事告诉子壮，子壮为之恻然。

"呵，让我也出一份力。"

"就在本市，可以做的事已经那么多，不必走到埃塞俄比亚去。"

"去那里也是善举，全世界一样。"

志高承认："是是，你看我说些什么，思维狭窄。"

子壮把小维撄抱得紧紧的，像志高一样，久久不能释怀。

唏嘘许久，直至维平与维扬补习回来，在客厅展开追逐战，才把她们注意力引开。

"朱某到什么地方去了？"

"他陪朋友玩草地滚球。"

"有位太太说：结婚十年，丈夫仍然琴棋书画，她照旧洗衣煮饭。"

子壮笑："她宠他。"子壮是明白人。

"真是，一个人怎样生活，其实自身需负许多责任。"

"她容忍他，她让他放肆，他便得其所哉。"

子壮问："不然，分手吗？"

"问得好。"

"即使另找一个，再找一个，又找一个，又怎么样呢？人总有缺点吧。"

志高笑不可抑："只有像你这样看得开，才配结婚。"

朱友坚回来了，一身大汗，进门，大声喊："维平，维扬，要不要一起淋浴？"

两个男孩欢呼一声，跟父亲扑进浴室去。

志高告辞。

家庭幸福，要付出高昂代价换取。

子壮拥有悲壮的涵养工夫，这个家几乎因她存在，但是，她给足老朱面子，仿佛他还占大份似的。

志高一个人跑到海景墓园去站了一刻。

那一角园地环境不错，看不到海，但是树荫婆娑，十分幽静。

志高坐在树下沉思。

"你看上去忧虑到极顶。"

志高抬起头来，咦，是方沃林。

他递一瓶矿泉水给她。

"你怎么也来了？"

穿着西装的他忽然成熟许多。

他微笑答："家母叫我来看看环境，嘱我设计一下。"

志高意外。

他搔搔头："我是建筑师，可是从来没设计过这个。"

志高微笑："什么都有第一次。"

"家母感激你的支持。"

他在她身边坐下。

志高称赞："没想到你是个孝顺儿。"

"家母脸上的积郁，比你还多，你没发觉？你们是同一类人，所以年纪差一截也相处得那么好。"

志高蓦然抬头，她怎么看不出来，太明显了，方太太一点也不快乐。

"所以我尽量顺着她意思做。"

"真正难得。"

"我心中有几个设计，一是回纹型，另一是放射型——"

话还未说完，志高已经说："放射型好，像阳光一样照射出来。"

他点点头："我们去喝一杯茶可好？"

两人走过树荫，看到一束粉彩色氢气球，志高忍不住走近去看，只见卡片上写着"爱儿永息"。

志高沉默。

她忽然需要一杯冰茶。

他扶她走上楼梯："母亲说你重病一场。"

"相信已经痊愈。"

他俩回到上次见面的市集，这次感受完全不同。

"母亲说她今日遭遇如此无奈，一定是前生不做好事，与其懊恼，不如努力修历来世。"

到底是上一代的人，要求比较繁复，其实身体健康已是至大福分。

志高不出声。

"家父另外有伴侣，长住旧金山，不大回来，也不提出离婚，拖了十多年。"

志高点点头："的确很难堪。"

"表面上若无其事，其实心底非常悲哀。"他忽然问，"你呢，你也是为着感情烦恼？"

志高微微笑："我没有感情生活。"

他当然不相信，但做一个恍然大悟的样子："同我一样。"

志高大笑。

他要了一块巧克力蛋糕，吃得津津有味，志高看着他把蛋糕送进嘴里，羡慕他阳光般的性情。

他忽然舀起一羹，递到志高口边，志高摇摇头，紧闭着嘴，他示意鼓励。

志高鼻端闻到巧克力独有香味，忍不住，觉得有必要应酬一下，她张开双唇，他把蛋糕轻轻送进她嘴里。

志高许久没有尝到这样的美食，她还以为她已经永久失去味蕾，可是不，它又活转来了。

志高感慨到极点。

"买一个让你带回去，你太瘦，多吃一点是好事。"

志高没有反对。

那天，回到家里，打开盒子，她把整张面孔埋进蛋糕里，吃到吃不动，倒在地上为止。

这是她寂寞而可贵的自由，子壮就享受不到这种放肆。

一次，子壮在家喝一瓶啤酒，维平哭了："妈妈，你会不会成为酒鬼？"

又一次，子壮去染了个棕发，维扬一本正经痛心地把手搭在她肩上说："妈妈，好女人不染红发。"

志高进浴室把脸上的巧克力酱洗干净。

她用电邮与医务所交谈。

"我仍在考虑。"

"我是梁蕴玉医生，你不用着急。"

"假使有人问起，我怎样解释？"

"你不欠任何人，何用解释。"

志高微笑，医生比她还要强悍。

"我想要一个活泼调皮健康的孩子，常常把我引得哈哈大笑。"

医生接上去："或是气得发昏。"

"可以做得到吗？"

"捐赠者详细地在表格上形容了他的性格，不难找到。"

"还有，孩子需并得一手好车，我老了好载我到处玩，最好不要近视，我自己足有千度，十分吃苦。"

梁医生答："照我看，其实你已经准备好了，邓小姐，你条件优秀，自雇，不必理会上司下属目光，请把握机会。"

"明白，"志高忽然问，"医生，你有孩子吗？"

梁医生迟疑一下，终于答："我不能生育，已失去机能。"

"啊。"

"我们再联络。"

志高躺到床上，悠然入睡。

忽然觉得有人伏在她胸前饮泣。

"谁，"小小幼儿，"维樱？"不，不是维樱，是另外一张可爱的脸，紧紧揽住志高不放。

电光石火间志高明白了，"呵，"她温柔地说，"是你。"

小孩点点头，抱得更紧。

志高落下泪来，轻轻抚摸她的软发。

这时，闹钟骤响，把她唤醒，志高睁开双眼，只听见雷声隆隆，是一个雨天，哟，需早些出门，以防交通阻塞，匆忙间把梦境忘却大半。

幸亏到得早，独自在办公室应付了许多事，同事们才落汤鸡似的赶到。

子壮最后出现，已近十一点，她面孔上有一道淤青，敷着厚粉，仍然看得出来。

电光霍霍，志高连忙吩咐："把插座接到稳定器上，以免电脑失灵。"

然后进子壮办公室去。

"发生什么事？"

子壮不出声。

志高轻轻说："想谈话时叫我。"

她刚想走出去，子壮自言自语："我已经做得最好，再也不能做得更多。"

志高转过身来："既然这样，你大可心安理得。"

"可是，有人嫌我不够好。"

"那么，是那个人不合理，要求烦苛，与你无关。"

"志高，真不是我的错？"

"你我自小一起长大，你的事，我全知道，你做哪一件事不是尽心尽意，对得起他朱家有余。"

"志高，你都知道了。"

"子壮，"她过去拥抱好友，"我真替你不值，但是你一定要振作。"

"你早已风闻？为什么不告诉我？"

"子壮，我什么都没听过，只是这半年来我几乎没见过朱先生，他去了何处，有些什么好消遣？"

子壮颓然掩脸。

"我让你静一静，记住，你我是文明人。"

有人叫她："邓小姐，这边。"

厂方带了样板来，工程师找志高研究，大家都有点兴奋，市面上从来没有这样轻便易折的婴儿高凳，而且，售价不贵。

"立刻寄到美国去给出产商批准。"

他们出去了。

下午，志高做了一件很奇怪的事。

她跑到政府机关去找朱友坚。

经过通报，才发觉他已经升任助理署长，下属语气很尊重，请志高在会客室等。

不一会儿，他出来了，看见是志高，有点意外，仍然满脸笑容："稀客。"

志高开口："阿朱，我与子壮，姐妹一般，不必客气了。"

"喝杯茶。"

"你高升了。"

"微不足道，整年薪酬，不及你们一张订单，子壮不屑搬入宿舍，生育也不愿住公立医院。"

"呵，是妻子太能干了。"

"不，志高，不是这支老调，她三头六臂我都能接受。"

"那是什么呢？"

"我得不到妻子的心，我只是一只配种猪！"他敲打着胸膛。

志高张大了嘴，十分错愕。

"志高，你未婚，你不会明白夫妻间恩怨。"

"有第三者吗？"

朱友坚不出声，那即是表示心虚。

"事情已到什么地步？"

"昨晚，我提出离婚。"

这时，窗外电光霍霍，志高问："你敢站到窗口前边去吗，你不怕雷公劈杀你？"

朱友坚立刻走到窗前，索性推开窗户，一阵雷雨风把案上文件吹得翻飞。

事情无法挽回了。

"孩子们呢？"

"让我定期探访已经十分满足。"

"维樱只得半岁。"

"一切都是我的罪过。"他只图脱身，不想申辩。

志高指着他："你会得偿所愿。"

朱友坚发话："她有你撑腰，还有什么做不到？你们根本不需要男人。"

"不是你这种男人。"

志高转身离去。

刹那间因为子壮的悲哀大过她的创伤，她忘记自己的遗憾，为子壮落下泪来。

志高到子壮家去，叫是叫朱宅，公寓由甄女士独资购买，实在同朱友坚一点关系也没有，不过的确有小朱先生小朱小姐住在这里。

女佣来开门，志高看见维平来探视一下，然后同兄弟说："那女人来了。"

子壮闻声走出来，招呼志高，她神情有点呆滞，不声不响，客厅一角放着两只黑色大行李箱，司机走近，用力拎了出门。

维扬觉得有什么不妥，张望半晌，又回房去。

补习老师说："过来坐好，还有三道算术。"

仍然一屋子人，少了一个只是晚上回来睡一觉，又不等他发放家用的男人，也许全无不妥。

志高走近一看，只见四年级的维扬已在做几何中的三角问题。

嘿，三角，多么凑巧可笑。

志高回到客厅问子壮："行李送到什么地方去？"

"他的办公室。"

"那不是等于赶他走。"

"你说得全中。"

"全无挽回了。"说什么都有丝惋惜。

"不错，但是，人生极难说'永不'，倘若缘分未尽，又有另外一个故事。"

讲得这样理智，可见是没得救了。

子壮问她："你为什么这样难过？"

"子壮，十年就这样掉进坑渠。"

子壮却不赞同："志高，记得吗？高中我俩已经决定创业，拒做小文员，结不结婚，嫁不嫁人，我都会实践志愿，这十年我过得充实，没有遗憾。"

志高放心了："我很钦佩这种光明的想法。"

"我还有三个可爱的孩子，你别看维平维扬还小，有人欺侮母亲，他们会来拼命。"

"我相信他们会。"

子壮疲倦了，用手撑着头："公司家庭两边兼顾，累得说不出话来，我想告长假，带孩子们去欧洲住几个月。"

"你爱怎样就怎样。"

子壮苦笑："你最宠我，最了解我，嫁你最好，一屋两女，天下太平。"

志高骇笑："人家听见了会怎么样。"

"记得小人儿公司成立时人家怎么说？"

"不消三个月就关门。"

"所以，不必理人家说什么。"

这次谈话解开了志高心中一个结。

维樱哭了，子壮立刻去探视。

志高告辞回家。

她躺在大沙发里冥思，忽然起来与梁医生通话。

"可是，我不认识那个人。"

"要真正认识一个人，是很困难的一件事。"

呵，甄子壮又何尝认识朱友坚。

"我想约一个时间。"

"欢迎你，明日，医务所会同你联络。"

志高关了电脑。

她回到床上去，那样大的一张床，志高永远睡在左边一小角，每次换床单的时候，只有一点点皱，看这张床就知道她生活单调。

心灵的空虚却与这张床无关。

第二天，志高听见子壮吩咐秘书找室内装修师。"趁三个月大假，家里换一个样子，反正家具已残旧不堪。"又约旅游公司安排旅程。

不过她眼神里掩不住丝丝无奈。

凯菲大惑不解："为什么学校从不教我们如何应付失败的婚姻，净学平方根及地球板块游离，有什么用？"

"让我们办一所女性实用中学。"志高说笑。

"我赞成。"

在公司，会办事的人多，一个上午，子壮的需求已经完全得到满足，当然，她亦付清了全数款项。

志高听见子壮同助手说："通知朱先生我们下星期一出发，孩子们会同他联络，假使他愿意，留下电话号码。"

到底是个办事的人。

下午，律师来了，子壮签字。

每个太太都应该如此洒脱，青菜萝卜，各有所爱，千万别拖拖拉拉阻碍，不，不是他人，而是自己的前程。

律师说："我们会把文件送到朱先生公司去给他签署。"

"拜托。"

子壮开始分配责任，把手头上的工作下放，一清二楚，她天生是个管理人才，化繁为简，息事宁人的高手，复杂人事往往迎刃而解，但，她解决不了自己的家事。

最后她说："有什么问题，还有邓志高在这里。"

"你看，谁没有谁不行呢，三个月后，回得来就回来，回不来，公司一样运作。"

志高正想说她几句，接待处说有人找邓小姐。

原来是方太太让人送水果糕点上来。

全体同事，位位有份。

稍后，梁医生来电为她约了时间。

下班，方太太又来接她同往儿童医院。

她俩先穿上白袍戴上口罩，然后，看护把小小幼儿放在她们怀中。

看护嘱咐："可轻轻摇动，或贴在怀中。"

幼儿皮肤紫僵，个子瘦小。

看护说："啼哭时请两位不要惊怕，幼儿在胎中已有毒瘾，现正接受治疗。"

看护走出去。

方太太叹口气："哎，生命有时真是一种浪费。"

志高微笑，隔了一会儿才说："一个八子之母再度怀孕，她贫穷，患梅毒，你是医生，会否劝她放弃第九胎？"

方太太答："呀，当然。"

志高说："如果是，世上就没有贝多芬伟大的音乐了。"

"志高，你知道得真多。"

"爱读闲书。"

方太太点头："世事不由我们下定论。"

"可不是，近年家长那样溺爱子女，个个悉心栽培，可是，人人都能成为天才吗？我见过许多精英的下代像傻子一般。"

怀中幼儿舒适地扭动一下，她俩立刻专心拥抱孩子，不再说话。

她们离去的时候看见两位老先生披上袍子进来。

世上，好心人仍然不少。

志高说："方太太，或者，你愿意回学校去修一个课程。"

"沃林也这么说过。"

"你读过预科吗？"

方太太笑："我有经济系文凭。"

"失敬失敬，为什么不做事？"

"那时，有种误解，女子不得已才出来赚钱，叫作抛头露面。"

"是，会遭男同事吃豆腐骚扰。"

"所以，没想过上班。"

志高说："今日仍然有这种情况，但是，已有经验应对，有人还懂得利用这种利害关系高升。"

"时势不一样了。"

"你可以再选读一科。"

方太太摇头："压力太大，我应付不来。"

志高也笑："我想到各式测验考试，也噩梦连连。"

一辆车子驶过来，司机正是方沃林。

"来，志高，送你回公司。"

"方太太，你呢？"

"我逛街购物，是中年太太陋习，你别理我。"

志高上车。

但她要去医务所，没有时间应酬方沃林。

他却像是有阅心术，笑笑问："不等我？"

志高信任他，知道他见惯世面，开得起玩笑，闲闲地笑："等到几时去呢。"

"海枯石烂，第十二个'永不'。"

志高轻轻说："然后，你来敲门，门一打开，一个鸡皮鹤发的老太太走出来，颤巍巍问：'亲爱的，你找我？'"

沃林诧异："多么好的想象力。"

志高伸手出去，抚摸他会笑的眼睛："我有一个朋友，整个青春期暗恋她的讲师，毕业后努力工作，获得成绩，母校邀请她回去演说，她满心以为看到他，仍然会有震荡感，一直在我面前吟拜伦的诗：'假使我又见你，隔了悠长的岁月，我如何致候，以沉默以眼泪。'"

"她可见到了他？"

"见到了，一个中年胖子走出来，秃了头顶，热诚招呼她。"

"她怎么说？"

"她说她好似侮辱了拜伦。"

方沃林为男方不值："或许，他仍有一颗高洁的心。"

"人类好色，尤其是都会人，对无形无臭的美德不感兴趣，你看城中几个美女被追捧至身价百倍就明白了。"

"你呢，你也那样肤浅吗？"

"方家全属俊男美女，你有什么抱怨的？"

方沃林把车停下眺望风景："我以为总有一日人会衰老，你若爱惜一个人，就不会嫌他色衰。"

啊，他是在批评他父亲。

志高看看时间："请送我回公司。"

沃林点点头。

这个可爱的大男孩，做他的朋友最好：无话不说，推心置腹，一旦成为密友，立刻会患得患失，他晚上去了何处，他为什么同那女生这样亲昵，他可想结婚……

除出十八岁或二十二岁少女，谁都不应再受这种折磨。

"星期六请来我家吃饭。"

志高笑笑没有答应。

"喂，我亲自下厨，请莅临捧场。"

志高笑了："那么，七时整来接我。"

医务所是另外一个世界。

冰冷、静寂，灯光幽暗，已尽量装修得舒适，但是求诊者仍觉得无情。

看护嘱志高更衣，一件纸质袍子，即用即弃，卫生、简便。

医生进来了。

"邓小姐，幸会，我是梁蕴玉医生。"

志高坐在一角，脱下了衣服，有点无助。

梁医生笑笑说："别紧张，接着一段日子里，诊所会成为你最常到的地方。"

她为她检查："一切正常，你是本诊所罕见的无风险求诊者。"

志高不出声。

"看护会给你时间表，每一项规则必须遵行，定期注射，记住，戒烟戒酒，一日不可多过一杯咖啡或茶。"

志高点头。

梁医生说："这是私人问题，你可以不答，邓小姐，你可打算向亲友公开这件事？"

志高笑笑："我性格较为孤僻，极少提及私事，朋友数目不多。"

梁医生笑："这样有主见，无须心理辅导。"

志高换回衣服，在看护处取了时间表，驾车回家。

她去看子壮，他们正在收拾行李，两个保姆随行，浩浩荡荡，阵仗惊人。

还有装修师在量尺寸，布料墙纸样板堆在桌上。

子壮喜欢忙到发昏，这样无暇思考人生其他问题，省去不少烦恼。

"志高，你来帮忙看看。"

蓝图摊开来，只见所有墙壁都好似要凿掉重建，志高不以为然。

她说："孩子们的房间无论如何要留下来，还有，保姆住宿面积不可减少。"

"甄小姐说男主人卧室及书房可以删除。"

"嗯，多出五百平方尺。"

"是，正好改作儿童游戏及工作室。"

这点志高并不反对。

她忽然问："墙壁为甚糁上绿白宽条？"

"邓小姐，流行这式样。"

"谁若把我家墙壁搞成这样，我会报警。"

装修师笑不出来。

子壮过来仲裁："净色好了，深浅不同的乳白色美观，把色板给我。"快刀斩乱麻，她挑了十来个深深浅浅不同的米色。

志高说："你交给我监工好了。"

装修师噤若寒蝉。

"三个月内一定要起货[1]，否则这一家六口会喊救命。"

"没问题。"

"你有信心起货就签署这页合约，否则照例赔偿。"

装修师苦笑："两位真精明。"

志高忽然抬起头来，笑笑说："精明？差远了。"

她与子壮都不算聪明，自尊心太强，太自爱，太有原则。

当下她轻轻说："一个人，总得保护自己。"

那装修师忽然意识到其中一丝辛酸，释然："是，邓小姐。"他投降了。

---

[1] 取货，卸货。这里指装修完工。

"邓小姐，还有什么意见？"

"以实用与舒适为主，维平喜欢飞机，维扬喜欢坦克车，他们的妈妈最爱紫灰色。"

她们又挑了几件家具灯饰。

"衣柜与书架永远不够用。"

"一位陈太太拥有五百四十平方尺大的衣帽间。"

"羡杀旁人。"

装修师告辞了，子壮留志高吃饭。

她说："你看我，丈夫走了，还像没事人一般。"

志高哼一声："你记得吴少珍吧，年前离婚，她开始打牌生涯，一人一车，无远弗届，何处三缺一，就往何处去，日日如是，果然，遭人非议了。"

"总比一个人待在家里哭好。"

"对，难道要自杀谢世吗，当然是自寻娱乐。"

子壮忽然说："志高，这一份文件你签一签。"

"是什么？"

"你别理。"

"喂，师傅叮嘱，没详细看清楚的文件不能签。"

子壮无奈："你尽管看好了。"

志高取起细读，原来是一份由邓志高正式出任朱家三个孩子监护人及教母的法律文件。

志高觉得义不容辞，签下名字。

"维平与维扬可知道这件事？"

子壮微笑："我同他们说，万一有什么事，'那个女人'会好好照顾他们。"

"我的要求，比他们母亲苛刻。"

"不会的，志高，你比谁都喜欢孩子。"

"子壮，祝你顺风。"

子壮与好友拥抱一下。

回到家，志高坐下来，细看未来三个月子壮交下来的业务，这几年她俩都没有放过长假，一天内最好的光阴都交给公司，赚得营生，付出生命。

许多人居然还看不顺眼。

她揉揉双眼入睡。

半夜，那小小孩儿又入梦来。

这次，志高看清楚了她，五官长得与志高小时候一模一样，志高紧紧拥抱她。

心底那空洞的位置忽然被填充，志高抱着她不肯放松，渐渐知道是个梦，落下泪来。

第二天还是起来了。

子壮已经放假，少了个人，公司顿时静下来。

志高蓦然发觉，生活中的伴侣从来不是其他人，而是甄子壮，倘若她们是一男一女，早已结婚生子。

下雨天，潮湿，墙壁似拧得出水来。

琐事多，走不开，不过，待子壮回来，就轮到她宣布要放假了。

志高改喝柠檬水，含水果糖提神。

方沃林打电话来提醒她有约。

下了班，志高洗了头都懒得吹干，在家等方沃林来接。

他来了，发觉整间公寓都变成了工作室，满地文件，他小心翼翼走近。

他笑说："倘若有孩子扰乱你工作，你会怎样？"

"打他。"

"不，我说真的。"

志高答："有了孩子就不再工作了。"

"交给保姆亦可。"

"我有个坏脾性，不大信人。"

沃林笑笑："来，可以走了。"

到了方家，才知她不是唯一的客人。

整间客厅都是老年夫妇。原来方太太宴请十对金婚纪念老人吃饭，由方沃林掌厨。

结婚五十周年！

志高感动得说不出话来，立刻拨电话叫相熟的礼品店送巧克力糖及鲜花到方宅。

她诚心访问老先生老太太："怎样维持良好关系达半个世纪？"

"有那么久了吗？"一位婆婆这样说，"你不说我还真不觉得。"

"凡事装聋作哑，哈哈哈哈哈。"

"没有选择呀，呵呵呵。"

"自七岁始我就爱上她，我们是小学同学。"

"他永远支持我，我生病也不嫌弃。"

"喂喂喂，你们忘记一件事，要老而不死才是金婚纪念。"

万中无一：长寿，相爱，不愁生活。

方沃林真有心思，他懂得怎样叫她开心。

方太太在厨房里忙，志高进去帮忙。

她说:"女子会一样功夫就行了,你懂得做生意,就不必进厨房啦。"

"沃林负责哪一个菜式?"

"红烧肘子,炖得烂烂的,又香又甜,适合老人,他又多做几款甜品,像酒酿丸子、拔丝香蕉,容易入口,讨好。"

"他从何处学会?"志高佩服之至。

方太太笑不拢嘴:"由我教他呀,碧君反而不肯学,他老陪我消遣。"

志高不住点头,何用卧冰求鲤,这样就很孝顺。

方沃林端出一大盘热气腾腾的蔬菜饺子,志高看了:"哗,我一个人可以吃五十个。"

"另外有鸡汤,"方沃林说,"快来吃。"

大家鼓起掌来。

志高没看见方碧君,猜想她不在家,可是走过书房,看见她一个人在翻画报。

志高站在房门外看了她一会儿,她长得像母亲,与沃林是两个样子,一脸寂寥,没有约会。

要出去的话,也一定有地方欢迎她,可是像她这样的性格,大概到什么地方都想成为舞会之花,否则宁愿不去,这样就难得多。

志高真庆幸她有工作。

方碧君抬起头来，看到志高。

志高向她微笑。

方碧君意外问："你来了，这次找谁？"

"我是你母亲的朋友。"

"你真有人缘，我就不行，我不会说话，容易得罪人。"听得出语气是由衷的。

"不要紧，没有人会怪你。"

"因不屑同我计较。"

"你别多心，来，一起吃沃林做的饺子。"

方碧君咕哝："他最会陪着母亲没事忙。"

志高笑："你别让他占上风嘛。"

方沃林找过来："志高，开始了。"

方碧君迟疑："都不叫我。"

志高冒昧地一手拉起她："这是你的家，你是主人，还用人请你？"

一把将她拖出去。

吃完饭，方太太弹琴伴奏，老先生老太太们唱起歌来，碧君加入，取出小提琴，奏出《玫瑰玫瑰我爱你》及《茉莉花》。

方沃林问志高："你用什么乐器？"

志高遗憾："我不会，这玩意需三五岁起开始培养，我没有那样的机会。"

"所以你成为社会的栋梁。"

志高笑了："方沃林，我爱你。"

晚会终于结束，沃林送志高回家，志高嘴里还哼着《四季歌》。

她对沃林说："再见。"

"难得见你展颜。"

都这么说，丰衣足食还愁眉不展是一种罪过。

"下次做鸭汁云吞给你吃。"

那一晚志高睡得不好，吃得太饱，半夜胃气痛，夜静思路澄明，她忽然想到一件事，坐立不安。

星期一清早到公司去。

助手凯菲比她更早到。

"邓小姐，八点半陈廖曹律师楼送了这个来。"

志高见她面色有异，知道事有蹊跷，一看，是份遗嘱副本，翻到署名人，是甄子壮。

这就是叫志高寝食难安的那件事。

"律师楼说，是甄小姐叫他们今晨送来给你，里头清清楚楚交代了她名下财产，她把公司股权全部给你。"

志高沉着脸不出声。

"甄小姐为什么要这样做？"

"她一并把孩子抚养权也交了给我。"

凯菲的声音变得尖锐："你不觉得异常？"

志高沉默。

"邓小姐，你这样聪敏，一定也觉得不妥，为什么不劝解她？她分明厌世！"

志高抬起头来："怎样劝？"

凯菲紧张得脸色煞白："她在水晶和谐号上，请速速与她联络。"

志高点头："着人叫她立刻打电话给我。"

凯菲说："我怕她想不开。"触动心事，落下泪来。

志高很镇定："那么大一个人了，读书、做事，一切顺遂，得到的也不少，又有三个孩子，如若觉得还不够，还要自暴自弃，甚至自寻短见，这样的人，自私骄纵，不死也没用，怎样劝？她应当明白。"

凯菲一怔，开始是觉得邓志高冷酷，稍后会过意来，点点头："我又上了一课。"

志高摊摊手："谁没有感情上的挫折，算得什么，我对她有信心，她会无恙。"

话才说完，电话来了。

"志高，什么事？"

志高口气虽然刚硬，一听到好友的声音，却忍不住哽咽："子壮，你好吗？"

"发生什么事？满船找我，叫我复电，可是你要结婚，抑或，公司火警？"

"你这张乌鸦嘴。"

"无故急找，吓坏人。"

"公司少了你冷清得不像话。"

"胡说，平时我有喧哗吗？"

"子壮，别瞒我，你还好吗？今晨我收到你的遗嘱。"

"你忌讳这个？假使我祝你青春常驻，你明知这种谎言永远不会实现却喜滋滋全盘接受，遗嘱肯定有一日用得着却反而觉得不祥？"

志高呼出一口气。

"再乏味再累也得生活下去，我还得与媳妇作对，挑剔她们学问人品，冷言讽刺亲家……"子壮像是忽然得到力量似的笑出来。

"让我听听维樱说话。"

"维樱在游泳，哪儿有空。"

"你呢，你在干什么？"

"我在做全身按摩，你呢？"

志高颓然："我在办公室苦干。"

"可怜的邓志高。"

志高挂上电话，抹去眼角泪痕。

凯菲说："她已战胜心魔。"

志高点头："起码曾经一度，她曾经考虑过长眠不醒。"

凯菲轻轻说："我也想过，睡着了，不用再起来梳洗挤车上班，不再有渴望，不再有悲痛，多好。"

"后来呢？"

"没有勇气呀，又怕父母伤心。"

"天良未泯。"

"邓小姐，你呢？"

志高抬起头："我？想都没想过。"

凯菲怪羡慕："你真刚强。"

"不，我真懦弱，我打算活到一百岁。"

"我帮你推轮椅。"

志高不甘心："你那样年轻？届时你都九十五了。"

两人忽然苦中作乐，大笑起来。

"凯菲，你这次恋爱，感觉如何？"

"因已完全放弃催逼对方结婚的念头，十分享受。"

正想进一步谈话，接线生进来诉苦："外头有十通八通电话打进来，凯菲你睡醒没有。"

两人立刻开始工作。

傍晚，轮船上的电话又来了。

"子壮，你有话说？"

"志高，叫你担心了。"

"子壮，你也明白，没人会像生母那样爱你的孩子。"

"我知道，但是痛苦大得难以忍受。"

"会过去的。"

"这一阵子，真的不想睁开眼睛。"这才是真心话。

"我跟你讲，无论你此刻遭遇如何，那人不会关心，你死了也是白死。"

"我明白。"

志高到这个时候才叫作放心。

她一步一步进行她的计划。

医务所十分静寂，没有窗户，志高对环境熟悉了，觉得是冥思的好地方。

梁医生按着她的手："是今天了。"

志高点点头。

"他有四分之一高加索血统，因此，婴儿会有较为白皙的皮肤以及明显轮廓，相当漂亮。"

志高微笑。

"请放松一点。"

过去数星期内一连串注射使志高身上总有一处特别疼痛，抽样验血令她臂弯及脉搏血管肿起，像个瘾君子。

已经付出不少代价。

冰冷的不锈钢器总叫她颤抖。

她把思想抽离一会儿，想到少女时第一次单独约会异性的欢愉，历历在目，忽然心酸。

医生想她放松一点，轻声问："最近可有看书？"

"正读乔治·伊斯曼的传记。"

"是那个发明柯达底片及勃朗尼照相机的人吗?"

"梁医生好见识。"

"伊斯曼七彩电影底片,也由柯达厂研制成功。"

"他一生独身,七十七岁那年,因久病厌世,吞枪自杀,留下一张字条说:'我该做的已全部做妥,何必再等。'"

"啊。"

"他的照相机及底片带给世人多少欢愉,但他自己孤僻寂寞。"

梁医生轻轻说:"世事往往如此讽刺。"

她是妇产科专家,她本人却失去生殖能力。

"好了,手术完成。"

志高想站起来,双腿却有点软。

看护过来小心扶住她:"今日你不能开车了。"

志高拨电话叫司机来接。

凯菲是聪敏女,一听去医务所,起了疑心,陪司机跟了来。

凯菲用大披肩搭在志高肩膀上,挽着她的手臂缓缓走出医务所。

志高问："公司没事吗？"

"走开一阵不是问题。"

她看到志高嘴唇很干，上了车，又轻轻问："想喝什么，橘子水抑或牛奶？"

志高想一想："最好是热可可。"

凯菲吩咐司机："阿兴，前边转角停一停，我到快餐店买。"

志高道谢。

凯菲手脚灵敏，不消片刻，捧着饮料点心上车。

"还有鸡蛋三明治，你也吃一点。"

志高微笑："谁家娶得你做媳妇，是天大福气。"

凯菲讪讪："有人不要我呢。"

志高接上去："是他家前世不修。"

"邓小姐，你对我真好。"

"我说的，全是真心话。"

她闭上眼睛休息。

凯菲误会了，以为志高做的是另一种手术，她劝说："时时进出医务所，对身体无益。"停一停，"最珍贵的是健康。"

"呵，那千真万确。"

她的声音更低："有一种膏布，贴在手臂上，一个月有效。"

志高有点感动，有几个人会给她这种忠告，说起邓志高，都当她是人精："她比我们聪明百倍——卖掉你你还帮她数钱呢，她会吃亏？她用你劝告？你省省吧。"从来没人当她是弱者。

喝了热饮，志高觉得手脚比较暖和，又可以活动了。

"我陪你上楼。"

"公司真空，你回去坐镇吧。"

"你呢，你一个人妥当吗？"

"真有需要，可召私人看护。"

凯菲点头："是，所以女子要有工作，要有积蓄。"

第二天，志高去逛书店，选购一大摞育婴书籍。

旁边一位太太看见，笑着搭讪说："这种书，越少看越好。"

志高愿闻其详，请教她："为什么？"

"越是知得多，越是害怕，担心得痛哭。"

"你有几名？"

"三名，我陪妹妹来买书，你是首次吧。"

志高微笑。

"不如买些针织指南，打毛衣好过。"

"是，是。"

那位太太说："你这样瘦，要注意身体，吸收营养。"

"多谢你忠告。"

志高选了几本实用书籍：《美国司法制度》《内地税务条例》《资讯爆炸危机》。

再加动画录影带数盒，抱不动了才罢手。

回到公司，想吃甜圈饼，吩咐人去买了一打，正想大快朵颐，被同事看见，一拥而上，盒子即空。

"喂，再多买一盒回来。"

凯菲看见，摇头说："这种饼吃下去，身上就多同样大一团脂肪，拜托，不要再买。"

想想也是，志高放弃。

她工作到黄昏。

想走，又有另一件事跟着来，子壮休假，她身兼数职，志高不住提醒自己：不是每个人有机会做得趴在地上，谁，谁同谁，与她同期出身，连辛苦的资格都没有了，不但待字闺中，还是待业青年。

邓志高不能辜负她的幸运及机会。

她吸一口气，专注工作，运用她著名的凝聚力。

再次抬起头来，已经十点钟。

不得不走了。

经过接待处，发觉有一个人躺在长沙发上全神贯注看掌上电视。

志高走过去坐在他身边："是什么影片？"

方沃林抬起头："终于收工？"

"来了多久，为什么不叫我？"

"我又不急。"

"看什么？"

"《史努比》。"

"这次又有什么哲理？"

"佩蒂问查理·布朗：'你有一日也会结婚？'他答：'会。'佩蒂又问：'你心目中女孩如何？'"

"是红发女孩吧。"

"查理·布朗说：'我希望在失意的时候，她会温柔地安抚我，并且怜惜地说：'可怜的宝贝。'佩蒂听后，瞪着他半晌，非常肯定：'这事不会发生。'"

志高叹息，坐在方沃林身边不动。

"可是，你看。"

方沃林把小小屏幕递到她面前。

志高看到查理·布朗坐在屋前长凳上发呆，那间屋子却是实景，忽然，大门打开，一个真的金发美女走出来，柔柔唱道："可怜的宝贝，呵我亲爱的宝贝……"

查理·布朗抬起头来，那真人美女坐到他身边，轻轻握住他的手，温柔地安抚失意的他，真人与动画配合得天衣无缝。

志高看得大乐，哈哈大笑。

方沃林凝视她："看到你笑真是高兴。"

"没有更好的约会吗？竟等在接待处看卡通。"

"我不想与别人出去。"

这时，接待员出来说："邓小姐，我要关灯了。"

志高站起来："想到什么地方去？"

"碧君今天生日。"

"一定有盛大舞会。"

"所以我无处可去，母亲比我幸运，她在教会。"

"可怜的宝贝，来，到舍下来吃饭。"

"我一早知道你会救我。"

他帮她拎起那一大袋书。

到了家，袋口忽然裂开，书本跌在地上，他逐本拾起，看到那些封面，咦……随即想到也许是工作需要，小人儿公司的发明通通为幼儿所设。

但，又不对，方沃林一时忘记肚饿。

他走近厨房，看见志高在煮意大利云吞。

"这云吞用薯蓉做馅，十分可口。"

他取起其中一本书，递到她面前，做一个询问的表情。

志高迟疑一下，终于这样说："你是我好朋友，我也不想瞒你，你若接受不来，我们就得疏远了。"

"你不妨把详情告诉我。"他很镇定。

志高微微笑，轻轻说了几句话。

方沃林呆在那里，半晌，他斟一杯威士忌加冰，咕嘟咕嘟喝下去。

连他这性格开放的人都觉得志高也许太过大胆了。

半晌，他坐下来，问志高："为什么不结婚？"

志高看着他："如果我需要解释，你也许不会明白，"

她停一停，"结婚生子好比是世代延续的一客套餐：头盘，汤，主菜，甜品，咖啡或茶之际就抱孙子了，规矩是一定要顺着来吃，照单全收。"

方沃林沉默。

"我只想吃甜品。"

"讲得好似轻率了一点。"

"你们不是都嫌我太古肃吗？"

"讲下去。"

"结婚，也许已是十年八年后的事了，我不想等那么久。"

"行为脱离世俗，也许永远不会结婚。"

香喷喷意大利云吞已经煮好，志高摘一片茵陈蒿香料摆在碗侧，可是，两人都没有胃口。

"看样子你并不认同。"

"可是一点也不影响我喜欢你。"

志高笑了："这句话最动听。"

"倔强的你需要朋友的支持吗？"

她握住他的手："你与子壮都是值得珍惜的朋友。"

"志高，只要你说一声，我大可以代劳。"

志高一怔，随即笑出来。

"我也拥有若干优秀因子，身体健康、外形不俗，读书从来不用家长督促，一直考三名之内，工作成绩中上，唯一缺点，是喜欢聪明的女子。"

"你太谦虚了，你条件优秀。"

"而且，我了解你。"

"真的？我的心理医生说我不愿真正透露心事。"

方沃林坐近她身边："让我试一试，躺下来，头枕在我腿上，让我听听你的故事。"

志高躺下来："假使劳驾了你，彼此都有压力，惨过结婚。"

"为什么那样怕结婚？"

"因为我不想把另一人的过去今日未来背在肩上。"

"如果你爱他，你不会觉得吃力。"

"你入世未深，如果我爱他，只会更加辛苦。"

"我的想法比你乐观，刚刚相反。"

"你恋爱过吗？"

方沃林点头："是个与你一般聪慧的女子，十五岁进法律系，超级成绩，嫌我孩子气，坦白地同我说：'沃林，我不会陪你走进温室里。'"

志高笑得弯腰。

但是方沃林声音里有真正的落寞："她嫁了一个高大如棕熊般的外国人，两夫妻专门替美国原住民打权益官司，曾替他们向联邦争取到经营赌场专利。"

"很有性格。"

"同你相似。"

太过舒服，志高有点困，打一个哈欠。

"你仍然没有告诉我，为什么害怕婚姻。"

"世上没有成功婚姻，付出那样的时间精力，换回伤心失望，叫人恐惧发抖。"

"记得那天我家里的老年金婚夫妇吗？"

"呵，他们。"志高微笑。

"他们是乌云里的金光。"

低头一看，志高已经睡着。

他轻轻站起来，用毛毯盖住志高，一个人走到厨房柜台，开了一瓶白酒，把云吞吃掉。

他一时不想离开，在她宽大的公寓里踱步。

他想了解她多一点，可是四周一张照片也没有，所有用品简单实用，她没有牵牵绊绊女性通有的习惯。

背后，一定有个故事。

天快亮了，他睡在另一张沙发上。

这间公寓全部打通，没有间隔，多出一个人来，感觉有点唐突。

她根本决心一个人生活。

他醒来时她已经在看报喝咖啡。

"有什么新闻？"他惺忪地问。

"加息压力强大，股市疲弱。"

"啊，你有投资吗？"

"从不买卖股票。"

"为什么？"

"不够聪明，不够资本，不够时间。"

"有自知之明真是好事。"

志高十分骄傲地说："知道自己不够聪明是难得一见的聪明。"

他却问："我们像不像夫妻？"

"真正的夫妻在早上一醒来就想到不知有多少苦工等着要做，皆因对方不能善加照顾之故，顿时满心怨怒，哪里会有心情开口说话问候。"

"我父母就十足十像仇人一样。"方沃林叹口气。

志高温柔地说："回家梳洗吧。"

他不愿离开沙发："一睁开双眼就有你陪着说话的感觉真好。"

志高又笑。

她已经淋过浴，湿发拢在脑后，白衣白裤，浑身散发一股薰衣草清新香味。

阳光照在她一边脸上，光与影叫她轮廓秀丽分明。

方沃林脱口问："你肯定你没有西洋血统？"

志高笑："谁稀罕做杂种。"

他斟一杯咖啡，又回到沙发上："我同这张椅子前世有夙缘。"

"你没有约会？"

他摇摇头。

"不回家睡觉家人会不会找你？"

"十六岁之后他们不再理会，你呢？"

"我？"志高沉默了。

她煎起法式吐司，在鸡蛋酱里加了橙汁，香得令人垂涎。

志高用一只大碟子盛了放到方沃林面前。

"今日我要到医务所去。"

方沃林狼吞虎咽:"我陪你。"

"那不好,人家会误会你是丈夫。"

"是吗?那我可要在这里放几套衣服,方便梳洗后更换。"

"那是同居生活,比结婚还糟糕。"

"你楼下有空置单位吗?我搬进来,走上走下比较方便。"

吃完早餐,他说:"一小时后我来接你。"

"真的不用。"

"待会儿见。"

他一出门,志高便恋恋不舍,他说得对,醒来有人陪着说话的感觉真好,多试几次,两个寂寞的人,说不定就同居起来。

她处理了一些文件,与凯菲通了电话。

刚想出门,方沃林回来了。

志高说:"我们去看看子壮家里装修进度。"

只见七八个装修师傅正在开工,进度理想,设计师亲自监督,态度认真。

志高称赞:"一定有奖金。"最实惠不过。

工作人员十分高兴。

她巡视过，墙壁已经鬃妥，四边不同深浅，差别微妙，形成光影，使空间显得更大，工人正在装置大型书架，足足天花板那样高。

有一个美工在屋顶下精心写出宋体大字"我家有三个好孩子"，需仔细才看得清，因为字样颜色才与墙壁差一线，别出心裁，志高笑了。

男主人房已经拆掉，改为工作及游戏室，地板上有一块地毡，翘起一角，志高怕有人不小心踢到绊跌，蹲下想去拉平，一看，发觉也是绘画，栩栩如生。

现代装修师真有一套。

方沃林十分喜欢，站在大露台上看风景："你们两个家都十分可爱。"

"是呀，照自己需要及爱好布置，自由自在。"

"我却还没有自己的家，惭愧。"

"你是孝顺儿，情愿陪伴母亲。"

"迟早要搬出来。"他转过身子来。

"喜欢什么样的屋子？"

"一定要看得到海，有美景才有良辰。"

志高鼓掌。

她过去看过灯饰，觉得满意，与方沃林离去。

"我得去看医生了。"

"我在附近书店咖啡座等你。"

"去，去，你一定有更重要的事要做。"

他送她到医务所门口。

梁医生迎出来："那年轻人——"

"不，他不是。"志高笑着截住医生问题。

医生诧异："表面条件很好呀。"

"他缺乏勇气，像《绿野仙踪》里那只懦弱的狮子，得先把勇气找回来，再谈其他。"

"呵。"

"那可能是十年八载后的事了，他的理想对象今年大概只得十一二岁，还在念小学，我不能等他。"

"不能，抑或不愿？"医生微笑。

"不愿。"

她有她的计划。

梁医生替她检查，忽然嗯了一声。

医生凡是发出这种声音来，病人都会心脏抽缩。

她再做一次探测，注视仪表，仍然没有表情。

她轻轻对志高说："这次手术不成功，一两个月后可以再度尝试。"

志高不出声，过一刻她才问："我身体是否有什么不对劲？"

"不，你完全健康，请勿多疑。"

志高沮丧，用手捧着头，说不出话来。

"通常，妇女都会有失望的感觉。"

志高却像是被货车兜头撞了一下。

梁医生劝说："成功率其实已达百分之二十。"

"我应该再来吗？"

"回家好好考虑，再与我联络。"

她不是心理医生，不打算照顾病人心理状况。

志高识趣，她点点头，离开诊所。

那天阳光很好，但是，志高却有睁不开眼睛的感觉。

一向相信人定胜天以及有志者事竟成的她，这次发觉生命真确来自上帝恩赐。

她抬起头，看到书店，轻轻走了进去，还未到咖啡座，先看到一个讲座。

有三四十个六至九岁的孩子围着坐在长凳上，正专心聆听演说。

志高本来只想经过，但是有趣的句子钻进她的耳朵。

"苏是否女孩？我们永远不会知道，也许它是男孩，我们叫它苏，是因为发现它的女性考古学家名叫苏。"

志高抬起头来，她情绪低落，需要一点调剂。

她站定了脚，看过去。

只见黑板上画着一只暴龙，讲者好像非常成功，小朋友们全神贯注，面带笑容。

凡是这样吸引小孩子的事物志高都愿意学习。

那人说下去："从前以为暴龙直立，后腿似人般走路，咚咚咚咚，大地震动，它来了。"

小朋友们咕咕地笑。

"现在发现它奔跑迅速，像一支箭似的向前冲，肥大健壮的尾巴用来平衡巨硕的头颅。"

他在黑板贴上一张暴龙绘图。

志高找个空位坐下来。

那讲者穿白衬衫卡其裤，高大健硕，笑容可亲，他是名史前生物学家，抑或，刚巧写了一本关于恐龙的儿童读物，来做宣传？

他自桌底取出一大堆礼盒："每人一份，回家拼暴龙模型。"

小朋友们一起鼓掌。

人群散开，志高一人意犹未尽。

那人转过身子来，看到秀丽清癯略带苍白的她，就把手上剩下的模型交给她："你也有。"

志高接过，不出声。

他笑了："今日讲座完毕，明日请早。"

"明天还有一场？"

"是，请多多指教。"

他收拾道具。

志高不得不站起来。

这时书店负责人老张走出来："咦，志高，你来了，怎么不叫我一声，你认识陈博士吗？我同你介绍。"

志高站一旁，微笑不语。

"陈永年义务帮我们招揽客人，这几年书店竞争激烈，不出奇招还真不行。"

说到这里，他助手匆匆过来说："李慕娴来了，找你呢。"

老张赔笑："那是当红的流行小说作家，我过去奉承一下，失陪。"

志高见他这样坦率，不禁哈一声笑出来。

有家长以为志高同书店是一伙，拿了几本儿童读物过来："这位小姐，请教一下，小女读小五，这几本书还适合吗？"

志高一看："都很有水准。"

"老师真挑剔！浅的说浅，深的嫌深，长的太长，名著改编，又说图画太多，但是，他又不肯指定读哪几本。"

志高只得应着。

另一位家长抱怨："天下就数小学老师最烦。"

志高笑了。

她暂时忘却烦愁失望。

"如果是男孩子，不如读《水浒传》吧，一百〇八条好汉，够刺激，或是《西游记》，跟美猴王历劫红尘。"

"女孩子又读什么？"

"《古诗十九首》及宋词。"

"不过时吗？"

志高笑："蓝天白云，四季变换，又怎会过时。"

又有一位太太说："真的，大蓝筹股由印钞票银行发行，怎会叫人失望。"

志高觉得娱乐性丰富至极，又呵哈一声。

太太们带着孩子散去，志高抬起头，那位陈博士已经走开。

志高到咖啡座去找人，一目了然，不见方沃林，像他那样的富贵闲人，一日不知多少人找，哪里坐得定。

她买了咖啡松饼，找一个角落坐下，脸上的阴霾又渐渐回来了。

这时有人问："可以坐在你对面吗？"

志高抬头："啊，陈博士，是你，请便。"

他一边坐下来一边说："从没听过成年人像你笑得那样开朗。"

志高吃惊，什么？这是对她完全不同的观感，起先的男生都说她面容悲切。

一时她只能腼腆地低头喝咖啡。

"明天请来听讲座。"

"呵，一定。"

他吃完点心道别。

老张走过来："志高你还在，怠慢了，上次你介绍一些太太来买了一大批钩织图书，我还没有谢你……咦，陈永年呢，走了？"

志高点点头。

"你俩年龄相仿，也许谈得来。"

"他研究史前生物？"志高脱口问。

"不不不，他只不过对恐龙有兴趣，他的工作很奇怪，同你有点相似，也是设计，亦与孩童有关，只不过你猜十八次也不一定猜得到。"

这样奇怪？志高又咧开嘴笑："我来试一试。"

"准你猜三次。"

"童装设计师。"

"不是，他才不关心孩子们穿什么。"

"儿童游乐场设施。"

"想象力很丰富，再来。"

不知怎的，志高脸上一直笑容可掬，连她自己都未察觉。

"那么，设计儿童书籍。"

老张摇头："不，让我将谜底告诉你，陈永年专为残疾儿童设计义肢及用品，最近制造一款声控轮椅，正找厂家投资，他做的假眼，栩栩如生。"

志高呆在那里："呀，真没想到。"

"许多儿童因他得益，原本可以当一宗生意来做，可惜他全无此心，设计免费赠送联合国儿童基金会，幸亏家中有点资产，你说，是不是怪人？"

志高却又微笑起来。

老张抬起头来："哎哟，漫画家朱子嘉来签名了，人龙排到门外，志高，你自娱吧，下次再谈。"

他越来越像长袖善舞的生意人，书店老板也是老板。

志高静静回家。

咚一声倒在沙发上，用一只手遮住脸，累极而睡，耳边尽是梁医生的声音："手术不成功。"

她说话极有技巧，避免用失败这种字眼，但意思是完全一样的：学校说名额已满，男友表示事业未成暂时不敢想其他的事，公司上级宣布明年恕无升级加薪……

人生充满失望。

小憩后她起来把那盒小小模型拆开。

它用三夹板制造，设计精美，只用小小几块木板，拼成后十分传神，还有一张有关恐龙的详细说明书。

她顺手放在案上。

看得出设计师工作时充满爱念。

得真喜欢这份工作才行，如果只为着名利，作品虚伪敷衍，无须法眼也看得出来。

志高找子壮说几句："水晶和谐号现在在什么地方？"

"地中海。"

"这个名字，我自中一在地图上接触后就喜欢得不得了，停哪个港？"

"志高，维平维扬已晒得起泡。"

"啊，对，他们皮肤白皙。"

"不，是真的灼伤了，又痒又痛，船上医生给他们敷了药，仍然不能入睡，整晚呼叫。"

志高说一句："魔鬼与母亲永不睡觉。"

子壮苦笑："不能任由他们乱抓呀，只得整夜服侍，这叫什么旅行，我是随团保姆、看护、保镖兼提款机。"

"多好。"志高酸溜溜，"我轮还轮不到呢。"

"维平叫我呢，我不多讲了。"

"好好享受，一下子就长大飞出去了。"

子壮已经早一步挂断电话忙去。

电话铃响。

"志高，你在家？找你好几次，为什么连电话录音都关掉了，又不查看电邮，找了你一整天。"

咦，这是谁？

"子壮带着孩子到什么地方去了？"

呵，原来是朱先生。"他们在轮船上，电话是……你随时可与他们联络，我肯定子壮出发之前知会过你。"

"可是，去了这么久。"

"是，回来的时候，维平维扬他俩已变少年。"

"志高——"

"老朱，有什么事，亲自找她最好，否则，委托律师好了，我不是你的朋友，我不做中间人，就此打住。"

志高轻轻挂上电话。

才转身，电话又来。

志高决定把电话接往录音机，否则，没有时间做正经事了。

"志高？我是方阿姨，你不在家？"

对长辈要有礼貌，志高连忙说："我在厨房。"

"志高，你可有相熟的兽医？"

"什么事，府上并没有养猫狗呀。"

"我在草地上捡到一只麻雀，不会飞，像是受了伤，看了很难过，会不会是被汽车风挡玻璃扑到？所以我不养宠物，就是怕担心。"

志高沉默一会儿，她又不能说方太太你感情泛滥，只得轻轻劝说："自然界适者生存，弱肉强食，一贯如此，万物与草木共腐，不用介怀。"

"志高，真的没有办法？"

"我们最好放开怀抱。"

"哎，真可怜，看不见最好，见到了总忍不住想做些什么。"

志高不出声。

"黄页里有兽医地址，志高，我不烦你了。"

志高摇摇头。

倘若做老小姐到老，邓志高有一日也会这样处世吧，生活里没有第二个人第二件事，身边琐事放到无限大，牛角尖才是最舒适的休憩地，自怜，因此也觉得天地万物都可怜……

志高打开电邮信箱，做起功课来。

双目倦了，揉一揉，继续下去，她开了一瓶香槟，边喝边工作，瓶子空的时候也该休息了。

半明半灭间她蓦然想起，方沃林一直没有找她，也许他的任务已经完毕，他已把她带到书店。

公司里没有子壮的日子真难挨。

凯菲说："往往第一件事就是想知会甄小姐，可是走进她办公室，才发觉桌子后是空的。"

那个朱友坚也觉察到了。

甄子壮多年来的努力没有白费。

"请甄小姐缩短行程吧，外游三个星期足够，三个月太荒谬，困在船舱中干什么？"

"来，"志高说，"发起签名活动，叫各同事召她返回重投工作岗位。"

"我赞成，"凯菲说，"我马上去做。"

志高取过外套。

"咦，你到什么地方去？会议密密麻麻等着你，灵童牌婴儿床有一处搭钩运作不够灵活，厂家自罗省[1]派人来找你研究。"

---

[1] 美国洛杉矶。

"我只去半小时。"

"一定要回来!"

"明白。"

志高溜到书店去。

下雨,人挤人,气息散不去,书店里有股味道。

但是小朋友依然兴高采烈。

陈永年换了一个题目,他今日讲"为什么霓虹灯有各种不同的鲜艳色彩",随身带着各式光管,尽视听之娱。

志高站在一角听他演说。

"霓虹灯好看,名字也好听,为什么叫霓虹灯? 这里边有个有趣的理由。"

小朋友争着举手:"像天上的彩虹一样漂亮。"

陈永年笑着说:"对,在希腊文中,'新'的读音同霓虹一样,这两个字翻译得很有意思,新的灯就是霓虹灯。"

这个掌故,志高还是第一次听到,深觉有趣。

"很多人都喜欢希腊文别致易记又不重复,像你们喜欢穿的球鞋'乃基',就是希腊文胜利的意思。"

志高看看时间,够时间回去了。

生意要紧。

她与陈永年轻轻招手，他朝她点头。

罗省代表蒋君已在等她。

正方的工程师说："整个设计不理想，最好从头做过。"都最怕修改工程。

蒋君失望至极："其他部分已经投产，唉，我们缺乏经验，太过鲁莽了。"

志高想一想："有一位专家也许可以帮到你。"

"谁？"

"把图样输入我掌中电脑，来，带着它，我同你去见他。"

她同他一起步行往书店。

陈永年正在即场制作霓虹灯，小朋友眼睛都睁得铜铃大。

不久讲座结束，众人大力鼓掌。

他立刻走近志高："我以为你走了。"

"有事回来找你。"

"大家商量好了。"

志高让他看那个搭扣的图样。

"呵，这个难题我们也遭遇过，后来，采用一种合金的掀钮，不过，我们是用在人造耳朵外壳上。"

蒋先生听得发呆。

"请到敝公司来详谈。"

一行三人回到会议室,陈永年是做过的人,一通百通,同工程师商量几句,两人立刻做出草图,在屏幕上立体示范。

蒋君几乎哽咽,一个人得救的样子,是看得出来的。

"这个掣钮在罗省有制造商,我可把电邮给你,你马上可以下订单。"

蒋君诚恳地说:"陈先生可有意从商,我们正在寻找伙伴。"

陈永年笑:"我已有工作。"

他再三道谢告辞,天色已暗,不知不觉,在会议室已经待了两个多钟头。

志高还有其他事,陈永年也另有约会,她送他出去。

凯菲拿了同事签名过来:"我立刻传真过去给甄小姐请她回来。"

"那样会办事,叫人钦佩。"志高自言自语。

凯菲大喜:"是说我吗?"

志高温柔地说:"不错,是赞你。"

凯菲说:"邓小姐你笑起来真好看。"

志高摸着面孔："是吗？以后真得多笑。"

她也下班了。

第二天一早，凯菲满面笑容进来："好消息，甄小姐会即刻回来。"

"呵，牺牲假期是最伟大的贡献。"

电话跟着收到："我还以为你们乐得我不在。"说得真老实，"我下不了台，逼使完假期不可，"松了口气，"我将在罗马转飞机返回。"

"下一站是什么？"

子壮查看："撒丁岛。"

志高啊一声叫出来。

南欧风情，橙花与柠檬累累自街角探望，棘杜鹃紫红色爆竹般花串挂在黄砖墙上，小广场里的喷泉及古井旁漂亮的少男少女搂抱接吻……志高神往。

可是，没有一个理想的伴，怎可去那样的地方？

子壮在那边叹口气："哎，整条船上的客人最年轻的是我，叫我归心似箭。"

"一听就知道你是牛命，回来开工吧。"

凯菲拎了硕大水果篮进来："蒋先生派人送来，还有一封信，他有急事，已经回美国去了。"

"水果大家分来吃，信放在我处。"

拆开一看，是两张支票，分别给陈永年及邓志高二人，数目十分慷慨可观。

志高立刻把陈君的电话找出来。

这时凯菲却说："一位陈先生找你。"

她立刻去听。

"早，有事请教。"

志高微笑："你先说吧。"

"昨天我发觉你同各种原料厂相熟，可以介绍给我吗？"

"你需要哪一种材料？"

"钛金属。"

"你有空来一下，我推荐给你，今日我全日不开会，还有，蒋先生有酬劳付你。"

"无功不受禄。"

"他们生意人重面子，退回去不礼貌。"

"那么，捐慈善机构，把收据寄还给他。"

志高说："很得体，你最喜欢哪个机构？"

"儿童读书会，"他不假思索，"也就是赞助我在各大书店巡回演讲的慈善机构。"

"我那份捐奥比斯飞行眼科医院，拥有视力，才可读书。"

两人哈哈笑起来。

下午他来了，带着蛋糕，他觉得志高太瘦，希望她多吃一点，新同事安子看到点心，诧异："福利这样好，每天都享用水果蛋糕？"

办好正经事，志高忽然请教他："时时做同一个梦，是什么意思？"

他看着志高："当然是因为你对那件事耿耿于怀。"

志高点头，正是，何用请教心理医生。

他说下去："如果一时不能解决，最好暂时撇到一旁。"

志高不响，出了一会儿神。

这时，凯菲忽然进来："邓小姐，会计部找你。"

陈君识趣："我告辞了。"

他一出门，志高问："有哪一条数目不妥？"

"方先生在外头等你。"

志高不自觉牵了牵嘴角，不知多久没试过同时应付两名男生，连凯菲都有点紧张。

她走出去："沃林，你来了。"

他说："我来告辞。"

"你有远行？"

他黯然说："陪母亲到美国做手术，她胸部验出肿瘤，一定要尽快处理。"

志高怔住，余兴立刻一扫而空。

"我立刻去探访她。"

"她情绪欠佳，不想见客，请你原谅。"

志高只得答："是，我明白。"

"母亲半生郁结，得这个病，这种时刻，最需要亲人陪伴身边。"

志高点点头。

"我们下午出发，我特地来告别。"

"祝一切好运。"

"谢谢你。"他黯然离去。

小人儿

肆.

一切都得从头适应，
时间要重新分配，
自我需缩小，
腾出位置来容纳另外一个人。

凯菲看着他的背影："永远的大男孩，实际年龄也不小了，肯定同我们差不多，可是，不知怎的，老是依傍在妈妈身旁，树大好遮阴。"

"孝顺儿是很难得的。"

"倚赖顺从与尊敬之间有微妙的分别。"

志高看着她："今日的你大有智慧。"

"是，"凯菲骄傲地承认，"重创一次，人比从前聪明十倍。"

"这么说来，伤痛也还值得。"

"但我情愿一无所得，像我表嫂，前年因家母病重在医院聚头，她一直指着报纸娱乐版问我：'这个黎明，到底结了婚没有？'"

"不不。"志高笑着举手投降，"我宁可折翼流血，我不要这种幸福。"

因挂住方太太，下午叫被褥公司送几块最好的丝绵被来，挑好了配上浅褐色泰丝被面，差人送到方宅去。

方太太终于有讯息了："谢谢你，志高，我正需要这个，胜过电毯多多，我这次去若能回来，再碰头吃饭。"

"这次我要吃素什锦。"

"我亲手做。"

"吉人天相，大家祝福你。"

"这些日子，我一直不开心……"

"你需要什么，我同你办，我公司人多，个个聪明。"

方太太笑了："近几日我反而看得比较开。"

"祝你顺风。"

新同事安子看到丝绵，又诧异："什么，公司还送床上用品？"

大家都笑了。

"笑什么，笑什么？"

那天晚上，深夜，志高听见声响，睁开眼，看到小小人儿爬到她床上，依偎着她。

志高明知是梦，也轻轻同她解说："我还没准备好，你会有耐心稍等吗？你时时出现，令我心神不宁，无所适从。"

那孩子的小小身躯本来有点重量，忽然变轻，再想拥抱她，觉得空无一物，志高惊骇，坐起来，醒了。

一头是汗，她只得起来淋浴，发觉手臂细得可怕，只敢换上长袖衬衫。

天未亮她就想到公司去，重视工作是好事，但当办公室是避难所就不大妥当。

她在电脑屏幕上读新闻，喝咖啡，忽然电话铃响。

"志高，早，起来了？"是另一个失意的女人。

"子壮，怎么是你。"

"我到公司，孑然一人，催你上班。"

志高咧大了嘴笑："回来了，我马上来见你。"

她巴不得可以马上出去。

子壮在门口等她，两人见面，唏嘘着拥抱。

"志高，你还是老样子，没胖。"

"你却长了肉，可是船上吃得好？"

彼此细细端详，异口同声问："可有看中什么人？"又齐齐泄气，"哪里这样容易。"

子壮却疑心："可是你笑容很好呀。"

志高问："你可有替我买皮鞋手袋回来？"

"有，每种半打，你别扯开话题可好？"

志高看着好友的颈项，忽然拉开她领子："子壮，这些红点是什么？"

"蚊子咬吧。"

"不，胸前不下十来点。"

"你别顾左右而言他呀。"

志高把镜子递到子壮面前，子壮看了，惊呼一声。

志高立刻叫司机送子壮到医院去看急症。

医生说："是出水痘，家人可有感染到？为安全起见，一起来检查。"

志高反而放心，子壮却叫苦连天。

保姆把三个孩子送进来，个个脸上都有红痘，医生笑说："去年已经有疫苗注射，现在来不及了，多喝水，别搔痒处，回家休息吧。"

志高掩住嘴笑。

子壮恐吓："传染给你，同归于尽。"

志高笑："我七岁时已经发作过，终身免疫。"

子壮说："失恋也一次解决就好了。"

"你请打道回府吧，免得传染每个人。"

"哎，仍然不能上班。"

"总比浮在一只游轮上好得多，至少脚踏实地。"

"世上没有比坐船更闷的事了。"

"你年纪还不够大，不懂得享受悠闲。"

"志高，同我说你为什么老是笑？"

"你不觉有趣吗？一母三子同时患上水痘，又痒又痛。"

志高把维樱紧紧抱在怀中，她真想念这个孩子。

子壮感喟："有一度想把她托孤给你。"

"我哪儿有这样好福气，你才有资格儿孙满堂。"

子壮还想说下去，志高扶着她双肩推她出门。

回到公司，凯菲说："一位麦小姐等你，没有预约，是方太太介绍来的。"

志高过去，见是一个年轻女子，打扮时髦，衣着考究，一看就知道是大机构行政人员，光是装扮修饰轻易花去薪酬的三分之一。

志高只穿一件小小麻质白衬衫及同料子宽脚长裤，配平跟鞋，形象朴素得多。

两个年轻女子互相打量一番，笑着客套几句，坐下谈正经事。

"我是麦氏公共关系公司的主持，受委托来请你们设计一套婴儿家具。"

志高说："我们有现成的设计。"

"邓小姐，这家人明年初抱孙子，已验出媳妇怀着三胞胎，所以需要比较特别的用具。"

志高呵一声。

"那祖父一乐，打算把大宅二楼拨出来做育婴室，已着建筑师装修，图则在这里，他们希望每件家具都可以自由移动，大的用到孩子十岁为止。"

志高问："孩子们放在育婴室，抑或一人一间卧室？"

"真叫人头痛，可是……"麦小姐想到三个幼婴一起吵闹已忍不住微笑，"一至五岁都会放在一起照顾，他们打算聘请两个保姆轮更，幸亏财政不是问题。"

志高微笑："这真是一项挑战。"

"我当邓小姐愿意接受这项工作。"

"我们会把设计费先打出来给你过目，不管你生产一件或一万件，我们收费划一。"

"那当然，这是订金支票。"

麦小姐临走说："邓小姐你真好气质，我从不相信穿便装也可以这样好看，今日我开了眼界。"

志高诧异本市竟有这么多能干的交际高手，亲自送她到大堂电梯。

志高很高兴，早些日子设计的品字形婴儿车终于派到用场。

她通知设计组开始研究，又把这件事知会子壮。

子壮一听就说："我知道这是谁家的孙子。"

"你消息好灵通呀。"

"邓小姐，你没留意社交版上的花边新闻吗？这是财阀许锡民家的三胞胎。"

志高忽然说："你还记得去年我们替女童院设计床铺吗？"

"是，敝公司什么都做过。"

志高趁有空当，勾画了几个样子。

凯菲感慨地说："金钱万能。"

志高比她乐观："是，但这样专心设计的育婴室，不一定培育得出天才、英才，或是人才。"

凯菲想一想："你说得对。"

"兄弟姐妹挤在一张床上，也不表示不快乐，也不会妨碍他们成为社会的栋梁。"

"邓小姐，我亦是一名穷孩子。"

"上天处事十分公平，豪门里不知多少庸人，陋室内自有明娟。"

凯菲笑着出去了。

下班之前，同事已经把设计费用计算出来。

志高去探望子壮。

甄宅还有部分仍在装修，幸亏睡房已经做妥，算是不幸中大幸。

孩子们正在午睡，子壮一个人坐在露台沉思。

"想什么？"

子壮抬起头来："孤儿寡妇，有什么好想。"

"你别说得这样惨可好。"

"如果没有这双手，"她看着自己十根手指，"早已睡到坑沟里。"

志高微笑："所以给你这双手呀。"

"志高，你真够励志。"

"我叫司机买了两斤片糖来，你们轮流用来浸浴，可以止痒。"

"终于用到土方。"

一会儿见维平与维扬起来了，仍然在客厅追逐，保姆捧出西瓜来给大家吃。

子壮回答志高刚才的问题："我会努力工作，好好带大这几个孩子。"

志高接上去："其间，有约会不妨去，有人求婚不妨考虑。"

"多谢你如此看好我。"

"这个社会现实，你有孩子？又不用别人抚养，你有前夫？他又不是不能见光的人物，放心，你丝毫没有贬值。"

子壮说："你这张笑脸非比寻常，是什么缘故？"

"因为你回来了，因为大家都熬过难关。"

稍后，朱友坚上来探访子女，志高识趣告辞。

"你留下吃晚饭吧，我与他没有话说。"

志高摇头，她已经介入太多，应尊重别人空间。

在车里，志高的手提电话响："邓小姐，我是凯菲，陈先生找你，可以把电话号码告诉他吗？"

"可以。"

五分钟后，电话来了，陈永年愉快地问："车子在什么地方？我来接你？"

"去什么地方？"

"请到舍下来吃碗面。"

志高说出她车子位置。

"驶进康乐道，一路走，到与欢逸路交界，转左，进平安道。"

"像足卫星导航呢。"

"看到一幢旧房子的时候，驶私家路进来，我在楼下门口等你。"

"稍后见。"

车子愉快地朝近郊驶去。

他性格真正潇洒，叫志高钦佩，同他比，志高只是不落俗套而已，她的便服往往配大溪地珍珠及百达翡丽钻表，哪有陈君般无牵无挂，自由自在。

到了他家，满天晚霞，他把她迎上屋顶，只见一个黄砖铺地的大天台，一棚架的棘杜鹃，紫红花串直垂下来，中央结着一只绳床。

志高欢呼一声，踢掉鞋子，扑到绳床里躺下，天边有淡淡月亮的影子。

他斟杯冰茶给她。

"没有酒？我车尾厢里有一箱香槟。"

他摇头："我不喝酒。"

"呵，在你家，得尊重你的规矩。"

"你吃得不够，运动太少，烟酒过多。"他轻轻说她。

志高抗议："我才不抽烟。"

他坐在藤椅上看她，一套衣裤已经团得很皱，却有种憔悴低调的美态。

"真看不出你会做生意。"

"不知是褒是贬呢。"

"你说呢，中国人口中说的是士农工商，做买卖的排名不高。"

"我是读完书才学做生意的人，别忘记夫子的弟子子贡也善于经营，且是炒卖期货的高手。"

"但是在夫子心目中，子贡的地位不及颜回。"

躺在绳网中，志高不想与他争论，和颜悦色地说："你把《论语》看得很熟呀。"

"难得时髦都会女子也还知道子贡与颜回。"

"这亦不算恭维。"

"你遭人围捧称赞惯了，宠坏啦。"

志高喝一大口冰茶："这是什么？"只觉清香。

"我种的新鲜薄荷叶子。"

"面煮好没有？"

"再过半小时，肚子饿了，才有滋味。"

志高转头看着他："冒昧问一句，你此刻可是自由身？"

"不错，你呢？"

"我也是。"

先搞清楚这一点十分重要。

忽然他有点腼腆。

"我去厨房看看，你先休息一会儿。"

为免睡着，志高站起来逛天台，这是她少年时记忆中的天台，现在多数已被拆卸，没想到今日在此重逢。

栏杆旁种着各种大盆的仙人掌，还有一大缸的金鱼，志高一探头，它们立刻游近冒出水面讨食。

志高又笑了。

一个男人能够频频叫她笑，真应抓紧。

但是经过教训，志高有顿悟：凡事还是听其自然的好。

这时陈永年端出一张折台，铺上雪白台布，餐具洋烛，果汁清水，志高一看，已经喜欢。

"时时在天台吃饭？"

"多数把咖啡端出来，一边看报纸。"

可以想象，他看的已不是黑字印在白纸上的那种报纸。

半晌，他捧出意大利面，面上浇着番茄肉酱。

志高有点失望，既油腻又单调，除出孩子，谁也不爱吃这个。

"来，试试我手艺。"

算了，别得福嫌轻，邓志高好口福，一连几个异性朋友都懂得烹饪，还想怎样。

如果有一瓶基安蒂，又还容易入口一点，志高勉强试吃一口，不觉嗯的一声。

咦，不同凡响，面条活而爽，容易入口，咬下去略韧，香味扑向味蕾，肉酱汁不大甜，肉丸用高级小牛肉制成，口感良好。

"你放了什么香料？"

"迷迭香。"

"与牛肉配搭得很好。"

"你像是有点失望。"

"我开头期望四只冷盘三式热荤，然后一大锅两面黄炒面。"

他笑了："没想到你那样讲究吃。"

他变魔术似的自台底取出冰桶，桶里浸着几支啤酒。

志高欢呼一声。

若想得到异性的心，先把对方喂饱，酒醉饭饱，一切容易商量。

他为志高破例买了酒，但他自己仍然不喝："一会儿由我开车送你。"

他高大、强壮，做什么都轻松，尽管已经是二十一世纪高科技时代，女性却仍然喜欢体格魁梧的异性，奇怪，都无须他们出外打猎觅食了，可是受原始本能影响，觉得高大的男性可靠。

"在想什么？"

志高微笑："很久没有这样高兴。"

"请进屋来参观一下。"

屋内一尘不染，叫志高讶异的是，他也拆掉所有间隔，

214

陈设竟与她家一般简单朴素，唯一不同的是，室内有一面凹凸不平的爬山墙，一直成直角伸延到天花板。

志高抬起头看："这是你喜欢的运动？让我试试。"

"吃饱了不好，下次吧。"

志高依依不舍地拉一拉安全钢丝，羡慕地说："你真会享受。"

才说完这句话，忽觉后颈痒，一看，手臂与腿上已长出红疹块。

是情绪紧张，抑或食物敏感？如此良辰美景，她竟发起风疹，真煞风景。

这时，陈永年也发觉了："不好，你大抵不能吃迷迭香。"

"脸上也有？"

陈永年说："立刻去看医生。"

志高找到手袋，取出镜盒一看，惨呼一声。

陈永年用一件外套罩住她的头："别吹风。"

他拉着她下楼上车，箭一般驶入市区。

车速太快，走到一半，警车呜呜自车尾追上来。

志高呻吟。

交通警察截停他们。

陈永年交出驾驶执照："我们赶去医院。"

警员问："什么事？"语气严峻。

陈永年轻声对志高说："对不起。"

揭开外套让警察看个究竟。

那制服人员一看，立刻退后一步，像见到麻风病人一样，脸上露出恐怖的表情，马上挥手，叫他们开车，放他们走。

志高啼笑皆非。

她不敢照镜子，知道面孔肯定已肿如猪头。

到了医院，直奔急症室。

这时，她双手像馒头一般肿起，手指已不能弯曲。

医生相当慎重，立即帮她注射。

"呼吸可畅顺？"

"没问题。"

"可有吃过不寻常食物？"

"肉酱意大利面。"

医生说："咦，照说不会产生这样极端的过敏反应，莫非受情绪影响，小姐，你上次发风疹是什么时候？"

志高冲口而出："大学时期。"

"嗯，我听听你肺部。"

那一年，她喜欢的男生终于约她做年终舞会的舞伴。她穿上最漂亮的晚装裙子，令那年轻人赞叹"志高你像公主一般"，可是她随即发得一头风疹。

不，她没有跳舞，她在急症室哭了一夜，没想到今晚又发生同一样事。

看护进来，吓一跳，见惯大场面的她竟也惊骇："什么过敏，你不能吃花生？这有关性命，你可要自己当心。"

医生说："你气管无事，但需住院观察一晚。"

转到病房，志高已经受药物影响昏昏欲睡。

陈君充满歉意："是迷迭香的缘故吗？"

看护进来着志高更衣，他别转面孔。

他觉得她瘦得可怜，换上袍子，她快速睡着。

看护问："需要加一张床陪着太太？"

"麻烦你。"

第二天，志高比他早醒，起床第一件事是照镜子，皮肤过敏这件事真是神奇，一下子消失无踪，看不出任何影迹。

她松了一口气，双手掩着脸，几乎哭出来。

身后有声音说："呵，可以出院了。"

志高转身，见是陈永年："昨晚真的麻烦了你。"无比抱歉。

"不算一回事。"

又觉得沮丧："发疯的样子叫你看见了。"

他只是笑。

"这是一个女子最丑的一刻，我完蛋了。"

他笑嘻嘻，和衣睡了一晚，须根已长出来，头发略为凌乱。

志高右耳忽然又热又痒，很快烧得透明。

看护推门进来："咦，没事了，可以出院，医生配了这支类固醇药膏给你，一有红肿，即时敷用。"

志高接过，如获至宝。

出了院，志高与陈永年分头回家梳洗。

可怜的陈君，志高微笑想，他回去还得洗碗碟。

彼此已经见过对方早晨起床的样子，往后已无顾忌。

洗漱过后她回到公司，病一退，立刻是英雄，指挥如意，得心应手。

十一点，有人送来小小一只盒子。

打开一看，是一块巧克力蛋糕，便条说："昨夜来不及奉上甜品。"

志高把蛋糕送进嘴里，不知是什么材料，香浓馥郁，隔了夜似乎丝毫没有影响美味，只希望吃了不会再发风疹。

新同事安子又看见了："咦，怎么今天只得邓小姐一人吃蛋糕？"

凯菲立刻推安子出去。

志高扬声："都有，马上就送到。"

叫凯菲去订蛋糕。

下午，子壮回来，脸上水痘已结痂。

她直诉苦："全家要看整形医生，磨平疤痕，最惨是维樱，都在脸上。"

凯菲进来报告："麦小姐看过报价，觉得合理，说是立刻可以开工，希望十天内可以得到设计图样。"

"你发便条给同事，嘱他们赶一赶。"

子壮说："这是祖父给孙儿最佳礼物。"

志高笑笑坐下："有人没有祖父，有的祖父不爱孙儿，有的祖父却没有能力，这几个孩子的确够运气。"

"物质究竟不能保证快乐。"

志高叹口气："有它打了底，路到底好走些。"

她们分头伏案工作。

傍晚，有时装公司送了礼服来，子壮正在房间里挑选。

志高也是女人，当然对漂亮晚装有兴趣，放下文件，走过去看。

只见这三子之母在一堆绫罗绸缎之中踌躇不已。

志高不动声色，知道她有好去处，好友应当含蓄地鼓励，谨慎地忠告，切切不可偷偷取笑，打沉她重出江湖的勇气。

子壮忽然气馁："没有一件适合。"

"让我看看，"志高走过去，"嗯，这件大灯笼袖，太过扰攘，这件遍体玫瑰花，又嫌艳丽，哗，这件胸线太低，有材料也不可大赠送，咦，这件不错，深午夜蓝，稍稍露背，你皮肤白，讨好，来，试试它。"

子壮不出声。

志高拎着裙子："是乔其的呢，不黏身，却又轻滑浮动，最漂亮是它，衬一条流苏丝绒披肩，好看，又不太隆重，第一次约会最适合，你有一条蓝宝石项链，可以佩戴。"

子壮苦笑："志高，你是最佳推销员。"

"太小看我了，我做生意的本事大着呢，最佳强项是能屈能伸。"

子壮走到屏风后更衣。

志高帮她绾起头发，用夹子夹好，替她拉上拉链。

"看，多标致，人靠衣装。"

志高拍拍子壮背部，叫她挺胸吸气。

子壮惆怅："人又回到市场去了，但望货如轮转。"

时装店没有送披肩来，却有一件小小缎子外套，本来配别的裙子，替子壮穿上，却意外地合适。

子壮问："记得大学时张罗跳舞裙子的热闹情况吗？"

志高微笑："真奇怪有些人说不喜欢读大学。"

"我知道为什么，他不喜欢跳舞。"

子壮忽然坐下来："我不去了。"

志高知她情怯，轻轻劝说："别退缩。"

"勇往直前，又走向何处？"

志高笑道："跳舞而已，享受一个晚上，松松筋骨，是一个娱乐节目，玩过了，开心，还有什么目的？"

子壮抬起头："你说得对。"

"现在，要配鞋子了。"

盒子里有一双绣花的半跟拖鞋，以及同款的小手袋。

"用完，借给我，"志高说，"三五万一套行头，不轮着穿，真吃不消。"

志高又笑了。

跳一次舞，可以得到一切，大抵是玻璃鞋故事的坏影响：忽然有个条件最好的人走过来，一见钟情，永远爱你，生生世世爱你，不变地爱你，不顾一切地爱你，爱到宇宙里去……

今日，跳舞只是跳舞，有得开心，何乐而不为。

志高没有问子壮同什么人去，问得太早，没有意思。

子壮终于捧着合适的衣服回家。

志高正想收拾，只见办公室门外有人闪躲。

"谁？"她警惕地站起来。

"是我，志高。"

那人穿斗篷，戴太阳眼镜，垂着头，压低声音。

志高不置信："你，永年？"

"是，刚看完医生。"

"什么事？"

他抬起头，除下斗篷眼镜，原来他脸上大块叠小块，发了一头一脸的风疹，双眼肿得似两条线。

"可怜的人。"轮到他受罪了。

志高嘴里虽然这样说，可是却忍不住笑出声来，并且从抽屉里取出宝丽莱照相机，拍下他尴尬的样子。

闪灯一亮，陈永年已经气结："幸灾乐祸。"

"别怕，我亦是同道中人，帮你敷药。"

陈永年只觉得一双柔腻的手在他脸上轻抚，仔细在红肿的地方搽上药膏，这时，肿块又没有那样讨厌了。

她仔细端详他，只见他剑眉星目，魅力不减。

志高眯眯笑。

他轻轻握住她的手。

她说："手上有药膏。"

他不理她："那日，是什么令你走进书店？"

呵，方沃林约了她，说会一直等她，她本来不打算赴约，终于去了，方沃林却不在。

是因为有人失约，但原先她也没想赴约，所以也不能怪那个人。

由此可知，两人心中不重视这个约会。

辗辗转转，她得到了陈永年。

他轻轻问:"你说过的那个梦,仍然常常出现吗?"

啊,他还记得。"我同它理论过,之后,再也没有同样的梦境了。"志高收敛笑容。

"可以同噩梦讲道理?"

"下次你不妨也试试。"

"我是那种一碰到床褥就入睡的人。"

志高羡慕:"我最需要这种人。"说完就知道有语病,立刻转话题,"医生说是食物过敏?"

"不,我拥有水牛皮,从未试过这种事,医生猜是情绪影响。"

"最近工作吃重?"

"不,没有不同之处。"

与她一样,是为自己紧张。呵,又得尝试进入一段郑重的感情了,应付得来吗?对方怎样想,会有结果吗?

忐忑之余,发泄在肿块上。

志高想:可怜的你,可怜的我。

她忽然紧紧拥抱他。

第二天,子壮心情愉快,迟到,但是工作效率奇佳。

志高追问:"玩得很开心?"

"嘿，碰到朱友坚。"

"是吗？"志高一怔。

"他也看到了我，眼睛瞪得像铜铃，不置信那是我，那个神情，对我来说，是无价宝。"

志高气结："可是，你玩得高兴吗？"

"当然，对方十分体贴，不管下次会不会约我，都很开心。"

"这样就好。"

"朱友坚同一个……"

志高温和地截住子壮："已经分手，别再理会他了。"

子壮抬起头想一想，恍然大悟："你说得对。"

当天晚上，志高睡觉，忽然听见客厅有声响，她起床视察。

"是你吗？"她低声问。

客厅静寂一片，只有用过的杯杯碟碟堆得到处都是，没有空收拾。

那小朋友没有再出现。

志高静静坐下，看着露台外，天色渐渐变成鱼肚白。

忽然想起儿时许多趣事，怎样渴望旅行，可以带一罐沙丁鱼吃，辛苦地学会二十六个方块字母，中文字最难写的是赢字，母亲教她：下边装的是月贝凡三个字，她到今日还记得。

未出生就被父亲遗弃，母亲单独打工养大她，邓是她妈妈的姓，她从来不觉得家里需要男家长，不知，不痛，也没有损失。

奇怪，日子过得那么快，母亲逝世那样困苦的岁月也熬过去，哭得睁不开眼睛，觉得世界大得可怕，最好跟着妈妈一起走，在另一个地方，回到四五岁模样，扯着母亲衣裤有粥吃粥有饭吃饭。

志高伤神，头重得抬不起来，脸上恢复寂寥之色。

终于她更衣淋浴上班。

凯菲一见她便说："梁医生嘱你去例行检查。"

志高点点头："会计部的叶曼华生养没有？"

"昨晚刚进医院。"

"关心一下，送礼物过去。"

有同事过来说："今晨六点终于挨不住剖腹生产，很辛苦，但是胎儿红壮白大，她仍然十分兴奋。"

大家一拥而出，去办礼物。

往诊所途中，志高路经珠宝店，进去问可有翡翠桃子。

"请问送什么人？"

"同事刚生了孩子。"

"这一款很过得去了，可天天戴，更亲切。"

"那一只好似绿一点。"

"婴儿来日方长，无须用那么名贵的饰物。"

志高点点头，老板娘代她系上红色丝线，真是一件可爱通透的饰物。

她准时抵达诊所。

梁医生同她说："一切机能正常，只看你的心意了。"

志高点点头。

梁医生看着她："女体亘古至今负担着繁殖下一代的重压，潜意识渴望有丰沃的能力，否则，便对自己失望。"

"梁医生你说得真好。"

"女子天性盼望组织家庭，生儿育女。"

"满心以为多读点书多做点事，经验与理智都可以控制这种原始的欲望……"志高苦笑。

"你已经做得很好。"

志高告辞。

回到车上,她打电话给陈永年。

电话响了两下,是录音机在说话:"志高,我在天台打理植物,有事请留言。"他重视她,从这些细节可以看到。

志高微笑,她把车子驶往郊外,到陈宅去。

在附近街市买了一大堆海鲜,预备做海龙皇汤。

走上楼叫:"永年,永年。"

没人应,她推门,没上锁,便走进屋内。

天台黄砖地冲洗过,像下了一场雨,感觉清新,主人在绳床上睡着了。

他赤裸上身,只穿一条短裤,强壮的双肩叫志高走近一步。

她轻轻同自己说:喂,邓志高,请你控制自己,切莫失态,叫醒他吧。

她到厨房放下食物,又走回天台,轻轻伸手过去,抚摸他的头发。

他睁开眼睛,看到志高,却不觉意外:"你来了。"他握住她的手。

志高轻轻说:"请让开一点。"

她也躺到绳床上去,那张网紧紧把他俩绷在里边,像一只茧。

　　他的双臂拥抱着她，志高心灵与肉体都需要这样亲昵的对待。

　　人类自幼渴望被抱：母亲紧紧揣在怀中，婴儿哭泣即止。

　　志高的面颊贴紧他的脸，可以感觉到他耳朵炙热。

　　志高长长叹一口气，像是找到归宿一样。

　　她首次不觉得羞耻，感觉良好，让直觉带领她。

　　天边橘红色晚霞渐渐罩拢，变为灰紫，不知过了多久，渐渐下起雨来。

　　志高却不愿放开对方，他的心意也相同，像是一松手，一切会自指缝流走。

　　他俩都有点生活经验，知道世上最少的是良辰美景。

　　最后，两人都淋湿了，不得不起来。

　　志高走到厨房，把鱼虾蟹蚬连葱蒜一起扔到锅里炸一炸，加汤，盖上盖子，二十分钟后可以吃。

　　陈永年取出蒜蓉面包。

　　雨下得大了，代替他俩说话，两人都乐得不用开口。

　　她打开锅盖，夹一块蟹肉送到他嘴里，他嗯的一声表示赞赏。

他纵容她，开一瓶基安蒂白酒请她，自己仍然喝矿泉水。

志高忽然承认，志趣怎样相投都不重要，必须先觉得他的肉体吸引，原始的触觉控制一切，然后，这感觉能否维持，才看他们有没有共同话题或兴趣。

志高觉得肚饿，吃了很多，而且不顾姿势，浓汤直溅到身上，食物也是人类的大欲望，每个人都希望能够痛快淋漓地饱餐。

吃饱之后，志高抹一抹嘴，开心地笑，经过多年，她终于可以与自己的肉体和平共处了。

陈永年给她一杯香浓咖啡。

他像是不知怎样开口，她也不想画蛇添足，他俩知道关系已经牢不可破。

他让她参观他的设计，沟通又恢复到理智的层面。

其中一只不锈钢头箍，用来固定手术后小病人的颈椎，外形美观简单，最受志高欣赏。

午夜她才告辞。

陈永年送她回家，第二天一早仍然要上班呢。

志高一早到医院产房探访同事，留下礼物。

产妇母亲轻轻说："可怜，起不来，医生却命令她四处走动，反而叫老妈扶着她。"有点哽咽。

志高却微笑："伯母，我要是有那样爱我的母亲，我也走不动，我也要搀扶。"

那妈妈这才露出宽慰的笑容来。

在接待处看见有人送花上来，志高知道不是陈君手笔，他不会送剪花。

同事说："是给甄小姐的，这样大花束，真是人见人爱。"

立即拿进去给子壮。

志高真替好友高兴。

这一束花代表什么？当然是一名异性对她的好感，这一丝感觉会去到哪里，管它呢。

受束缚已久，女子一直希望白头偕老，儿孙满堂，从未想过，这不是一场功德，而是一个人的际遇，有就有，没有就没有，绝非靠忍耐或是修炼就可以达成正果。

志高顿悟。

凯菲进来说："邓小姐，昨夜他向我求婚。"

"那多好，你答应没有？"

她伸出手来，左手无名指上戴着一枚小小钻石，却闪闪生光，志高由衷地说："这是我所见过订婚指环中最漂亮的一只。"

凯菲带着泪光说："我也这样想。"

"结婚礼物一定加倍。"

凯菲欢喜得跳起来。

"你升级做营业主任吧。"

她呆住："邓小姐我……"

"你胜任有余，不过，走之前替我训练一个助手，需年轻貌美，聪明伶俐，善解人意，换句话说，同你一模一样才行。"

凯菲终于流下泪来。

志高把她推出去："工作工作工作。"

女人总是这样，高兴哭，伤心也哭，恼怒又哭，急得没有办法了，索性坐下来痛哭。

哭完发泄过了算数，下次再来……一定不可以这样，志高觉得做事的人要流血不流泪，一切牢牢记在心中，有仇报仇，有恩报恩，一本账簿清清楚楚，切忌一哭泯恩仇。

她过去同子壮商量一件事。

"咦，今天是亲子日？"

只见维平维扬坐在母亲面前，低着头不出声，子壮铁青着面孔，狠狠地骂，一手拍着台子壮声势，手掌都红了。

她问："这是什么一回事？"

子壮喝道："你出去！别管闲事。"

"我才不理你，你们两兄弟过来，告诉我'这个女人'，发生什么事，与同学打架，欺侮女生，抑或测验零蛋。"

那两兄弟真没想到'那个女人'会拔刀相助，十分感激，嚅嚅说："都不是。"

志高松口气："那么，你们犯了什么错，忘记母亲生日？"

维平轻轻说："我们偷偷跑去祖母家里见父亲。"

"啊，罪大恶极，"志高夸张地说，"是瞒着老妈吧，这多伤她的心，这世上你们怎么还会有第二个亲人？"

她掩着嘴，瞪大眼睛，用手指着小兄弟。

连孩子们都知道她讽刺揶揄，忍不住笑出来。

子壮突然觉得自己过分，一声不响。

志高拉开门："叫司机来，送两兄弟回家，经过冰激凌店，买两个请他们。"

两个小男孩逃一般奔出去，在门口拥抱志高一下。

志高说："当心再过十年八载，他们嫌你啰唆，整日躲在女朋友家里不见你。"

子壮仍然不出声。

"这花谁送的？"

子壮说："他俩说，祖母家有一个阿姨，是他们父亲的女友。"

"同你有什么关系？"

"见儿子的时候，为什么把女友带在身边？"

"那是他的坏习惯，同有人再婚，叫子女做伴郎伴娘一样，你凡事忍耐点，别拿孩子做磨心。"

"多谢指教，那是因为你还没有子女，我有话，不同他们说还有谁。"

"有我呀。"

"最近你也没空，他们讲，时时有人来等你下班，怪神秘，用斗篷遮住面孔，戴墨镜，看不清楚五官。"

"是，"志高微笑，"是有这么一个人。"

"几时一起吃顿饭，介绍我认识。"

志高笑而不答。

"他什么地方吸引你？"

"他是一个有脑袋的大块头。"

"哗，要人有人，要才有才。"

志高笑着点头："是，你讲得对。"

"那么，几时结婚？"

"我不打算结婚。"

子壮瞪她一眼："你以为不结婚就不会老？同你老实讲，一样更年期，一样满面皱纹。"

志高笑："你妒忌我半夜仍然可以坐在机车后座飙车。"

"那倒是真的，没有孩子会半夜起来找妈妈，没有人需要你。"

志高气结："婚姻失败者，你那样想人结婚干什么？"

"你也许会成功。"

"太迟了，到了这种时候，已经太自信自恃，凡事习惯独自决断，不容易投入感情。"

"总有一个人，叫你破例吧，总有一个人，他强壮的怀抱使你向往吧。"

志高微笑地低下头，过一会儿问："微软最新消息如何？"

这家公司的兴衰影响全世界股市，生意人必须关注。

"谣言说，它对美国政府心灰，打算把西雅图的总部搬到温哥华。"

"你在温哥华有房产，屋价指日可升。"

子壮笑眯眯："纯属传言，不过，空穴来风，有点道理。"

志高回到自己房间，看见桌子上放着一只小小盒子。

这是陈永年上次用来盛蛋糕的盒子，她连忙打开，果然，像先前一样，是一块小小巧克力蛋糕。

志高把糕点送到嘴里，咬一口，牙齿碰到硬物，她吃惊，急急吐出来一看，却是一只戒指。

哎？

刚巧案头有一杯清水，她连忙把戒指洗干净，原来是只古色古香镶三颗玫瑰钻石的订婚戒指，这种式样，俗称圣三一。

蛋糕盒子上有一张小小便条，她拆开读："戒指属于家祖母，去年交在我手中，'永年，给你的未婚妻'，志高，你会答允吗？"

志高立刻试戴，刚好是她左手无名指的尺寸，她握紧拳头，手指仿佛有它们自己的生命，不愿把戒指除下。

她了解他吗？并不很多，她对两人的将来有信心吗？并不见得，但是，正如子壮所说，他那强壮的怀抱，叫她向往。

她埋头在自己的臂弯里良久。

她听见同事们在外头讨论一只透气婴儿床褥，又有人提到一种不易燃烧的布料，还有，安全百叶帘绳索，通通与她有关，却又全部与她无关。

她握紧左手，像是怕指环会滑出来。

她一直崇尚自由，看不出要结婚的理由，即使有了孩子，也可以独自抚养成人。

但是这一刻她真正踌躇。

似有一个声音轻轻同她说："试一试，如不尝试，又怎会知成败对错。"

正像她当年与子壮创办小人儿公司，纯粹是一种试验，创办生意的失败率是百分之九十五，像她们这种年轻女子贸贸然做老板，成功率又得减半，总共只有百分之一的机会。

可是，也能够脱颖而出。

这时，有人轻轻敲她房门。

呵，终于要出去研究那张安全床褥了。

但推门进来的却是陈永年。

他双手插在裤袋里，一眼看到志高已把戒指戴上，不禁满心欢喜。

"有没有咬崩牙齿？"他搭讪问。

她不出声。

"要不要向同事宣布？你们公司一直似个大家庭。"

志高抽离客观地在一旁凝视陈永年，她自心底喜欢他，她又看她自己，只见邓志高一脸依恋。

肉体这样勇往直前，灵魂无法阻挡。

她听见自己轻轻问："你说，还是我说？"

"一起吧。"

他俩走到大堂中座，愉快地说："各位，我们今日订婚。"

同事们先是错愕地静了下来，有大约十秒钟时间鸦雀无声，然后有人爆出一声喝彩，接着，大家吹口哨、拍手、欢呼、拥抱，像庆祝新年一样。

"邓小姐终于嫁出去了。"

"以后大概会原谅我们不可能二十四小时应召。"

"还有，周末叫家庭日。"

"哈哈哈哈哈。"

他们高兴得互相击掌。

志高静静坐在一角。

她已决定把全部筹码推出去。

感觉有点凄凉。

会失败吗？有甄子壮这个例子，她知道机会至多只得一半。

一切都得从头适应，时间要重新分配，自我需缩小，腾出位置来容纳另外一个人。

永年坐到她身边："有点惆怅？"

"是呀，幸亏过去自由自在随心所欲放肆了许多年。"

"有无遗憾？"

"当然有，时间太少，工作太多，精力已经去到极限，灵魂却不甘心，老是觉得未尽全力，还在等候更大机缘，明知没有可能，却仍然渴望不愿死心。"

"可怜，欲望在心底燃烧，不肯熄灭，最最痛苦。"

"你明白吗？"

"是这种力量，使你乐于冒险吧。"

"也许是。"

子壮过来握住志高的手，十分激动，说不出话来。

那天下班回到家，志高用清洁剂洗刷戒指。

陈永年带了老照相簿来，逐一介绍他的亲人。

"这是祖父祖母。"

近照中可以看到当年的她左手无名指上正戴着同一枚圣三一戒指。

慢着，咦，"她有高加索血统？"

"是，所以轮廓分明，是个美女。"

志高甚感兴趣，像不像盲婚哑嫁？订了婚才研究到对方血统关系。

子壮曾经说："全世界的婚姻根本都是盲婚，双方认识年余便结婚的人多，知道多少，了解什么？全碰运气。"

"祖父的职业是什么，可享长寿？"

"退休前他是个小型米商，爱读书，今年八十一，在加国温哥华与七十九岁的祖母及我爸妈一起生活。"

"对不起，对不起。"

"这是爸妈与我家其他的四个兄弟。"

"我还以为你是独子。"志高意外。

"他们都不住本市，我独来独住。"

"都结婚没有，可多妯娌？"

陈永年笑："你是四嫂，过年时照例一聚，记得你的身份。"

哗，不好应付，幸亏分开住，不然婆婆还有嫂嫂，不知怎样相处。

志高仔细看过照片："你的兄弟都比你漂亮。"

"是，小弟长得似电影明星。"

"父母呢？"志高不得不打听仔细，"他们住同一间屋子？"

"不，住楼上楼下，容易照顾，却又各自过活。"

"那真是十分文明。"她放心了。

"可是众兄弟却不肯住他们附近，我也住得远些。"

"八千英里以外，也够远的了。"

"你可打算搬来与我同住？"

"永不，"志高立刻声明，"我最反对同居，有自己的家，干什么要搬去别人的家，关灯开灯时间都不一样，多讨厌。"

陈永年一味唯唯诺诺，忽然问："你不担心我走出你家门，不知影踪？"

"不，"志高笑，"你自己会小心驾驶。"

陈永年大笑。

志高伸出手来，看着已擦亮的戒指，她从未想过会订婚，也不曾考虑过订婚戒指的式样，可是她对手上含蓄文雅的戒指却出奇满意。

她说："有空去探望长辈们。"

一年后。

志高在医务所静候，半晌，有人推门进来，正是梁医生，她一见志高，低头去查看手上的报告。

"是我，邓志高。"

梁医生声音充满意外："志高，我不认得你了，你胖了好多，我还以为走错房间。"

"好久不见。"

医生问："多久了？"

"超过一年。"

"这次，我可以为你做什么，你准备好了没有？"

志高微笑地点点头。

梁医生是专家，双手一按到志高身上，已知道分别，她讶异地说："志高，恭喜你。"

志高反而一怔："医生你那么肯定？"

梁医生笑："你需要科学鉴证，容易，我们立刻进行测试。"

报告在五分钟内就出来了，志高看着结果，忽然沉默。

医生说："情况正常稳定，约十周大小，我让你看素描。"

在该刹那，志高不敢抬起头来。

医生已拍下宝丽莱照片。

她轻轻说："从前，女性知识程度低，怀孕生子天经地义，不用思索，到了今日，医学进步，生育可以说已没有危险，但是妇女却受到更大冲突，因懂得思考，引致恐惧，一发不可收拾。"

"医生说得真好。"

"不要害怕，顺其自然。"

志高不出声。

医生有点讶异："你一直想要一个孩子。"

"我能尽责做得最好吗？"

"做到老学到老，志高，不用勉强，千万别自招压力。"

"目前，我有一个伴侣。"

医生又一次意外："呵，同性还是异性？"

没想到医生把她看得这样先进，志高笑："是异性。"

梁医生想了解得多一点："你是顾虑到胎儿与他之间没有关系而会产生尴尬？"

志高轻轻说："不，他正是生理父亲。"

医生很高兴："那太好了，你们可以立刻结婚。"

"他也那样建议。"

"你仍然不想结婚？"医生微笑。

志高答："这是我心理上一个障碍。"

"现在首要是注意身体，多多休息，饮食定时，吸收营养，一支烟一口酒都不允许。"

"可是——"

医生按着她："不要想太多，不必追溯到生老病死，老庄那人生几何的概念上去，过去你有太多的时间空间，把事情想得太复杂，将来，你会在一天喂五次奶之中得到无比满足，志高，你的条件比任何人都成熟，我对你有信心。"

志高哽咽，梁医生的忠告直接肯定，与心理医生那种模棱两可的唯唯诺诺不可同日而语。

她说："明白了。"

志高自医务所出来，觉得阳光有点刺眼，戴上墨镜。

忽然身后有人说："邓小姐，我有车，载你一程。"

她抬起头一看，不禁恼怒："陈永年，你跟踪我？"

陈永年笑嘻嘻，不出声。

他挽起志高手臂："想到什么地方去？"

"子壮家吧。"

上了车，他终于问："医生怎么说？"

志高把宝丽莱照片交给他。

彩色超声波素描其实仍然模糊一片，但是陈永年看得津津有味，指着一个白斑说："看得出不是双胞胎。"

志高被他的乐观感染。

但心中一阵怅惘，家居肯定要改造了，婴儿需要若干私隐，得隔开活动范围，她非得拿出半年假期亲手主持诸般脏工夫不可，生活会有天翻地覆的变化。

"知道性别没有？"

"化验报告三天后出来。"

车子往子壮家驶去。

"你没有偏见吧?"

志高抬起头来:"不,我喜欢女儿多十倍。"

"你会得偿所愿。"他咳嗽一声。

这时,志高已经相当了解他:"你有话说?"

"志高,你我的公寓,不如租出去,这种时候,不方便大肆装修,我们另外找一幢适合的房子。"

志高心底下一声不。

她不愿放弃自己多年的安乐窝,但是理智告诉她,陈君的建议值得考虑。

她轻轻问:"要多大的地方?"

"得看经济能力,不必勉强,头三年,最好有活动空间,空气清新……"

"我们去采访子壮,参考她的意见。"

"子壮是个不折不扣的城市人。"

"呵,你有什么意见?"

"她家里比较喧哗。"

志高微笑,以后,这种纷争必定一日比一日多,两个主观极强的人共同养育一个孩子,永无宁日,争个不已。

"我们不必学子壮。"

"车子驶往哪里？"

"有一间小小平房，我想带你去看看。"

他一直在秘密进行任务。

车子停下来，他掏出钥匙，打开大门，志高看到落地长窗以及小小草地，远处是蔚蓝色的海。

"志高，让我照顾你们母女。"

志高轻轻说："我知道你有诚意。"

"凡事我会同你商量，来，看看间隔，这个平房最大的优点是三间睡房都在地面，地库才是游戏室、保姆房及洗衣房，孕妇不必上上下下。"

"楼上是什么？"

"书房，我扶你上楼。"

阁楼上还有小小一个露台，可以观景，志高一看就喜欢。

陈永年摊摊手："你觉得怎么样？"

"我有点累。"

他取出一张帆布折椅，摊开来："你休息一会儿，我替你冲杯可可。"

志高精力大不如前，闭上眼睛休息。

再过几个月，怀里会多一个小小婴儿，然后，致力为她生活，记录一天吃了几顿，每顿多少，她打了嗝没有，睡得好不好，哭得可响亮，笑起来是否有窝，跟着，她长了多少颗牙齿，头发可浓密，教她上卫生间，洗脸刷牙，跟着，找一所好学校……

一切都跟常人一样，堕入俗套，说不定如鱼得水，变本加厉，嘴巴说着只要小儿健康快乐，故作大方，暗地里逼着学琴练舞，成绩表上略见一个乙级便脸色发青狠狠责骂，总得全体甲等，男朋友上门来，好好检阅，诸多挑剔……

志高呼出一口气，往日讥笑别人不自量力不懂管教，以后邓志高一定会为孩子闹更大笑话。

她渐渐睡着。

陈永年也真是，一杯可可做那么久，喝了提神，便不致瞌睡。

志高听见身边有声音。

她脱口问："你来了？"

转身去看，只见一份旧报纸落在地上。

"是你吗？"志高伸出手，"快，快来我怀抱，现在是时候了。"

她听到轻轻小小的脚步声。

手仿佛逮住了什么。

"志高，志高。"陈永年扶起她，他拿着一只吸管杯子，让志高喝水。

"你不舒服？"

"我会照顾自己。"

"哎，叫你劳累了，这样吧，我同经纪说一声，叫他略减几元，把房子买下来，省得你扑来扑去。"

志高扑哧一声笑出来。

"不结婚也得一起住。"

志高伸出手，轻轻抚摸他的面孔，喃喃说："早知，何必读书做事，捱尽咸苦，早知到你家当童养媳，反正都是做粗重脏工夫。"

"因为，一切都是你的选择。"

志高笑不可抑："是，女性经过百年挣扎，终于可以选择笑着赴汤蹈火抑或先大哭一场。"

"你想得太多，志高，与众不同，特别吃苦。"

"终于自主了。"她浩叹。

"去，把消息告诉子壮。"

"顺便问她要些维樱的剩余物资。"

"以及介绍可靠保姆。"

志高转过头来："我从来没想过雇用保姆。"

陈永年一怔："那多辛苦。"

"我已经想通想透，一切自己来，这双手虽然小，却是一双工作手。"

"好好好，看你吃不吃得消。"

志高仍然固执："我有能力照顾我们母女。"

陈永年害怕再说下去，她一不愿意，女儿将姓邓而不是姓陈，连忙识趣收声。

他顾左右而言他："你看，三间房间都连着浴室，窗户大，可看到海景……"

图书在版编目（CIP）数据

小人儿 /（加）亦舒著 . —长沙：湖南文艺出版社，2019.9

ISBN 978-7-5404-9253-3

Ⅰ . ①小… Ⅱ . ①亦… Ⅲ . ①长篇小说—加拿大—现代 Ⅳ . ① I711.45

中国版本图书馆 CIP 数据核字（2019）第 095638 号

上架建议：畅销·小说

XIAORENR
小人儿

作　　者：[加] 亦舒
出 版 人：曾赛丰
责任编辑：薛　健　刘诗哲
监　　制：毛闽峰　李　娜
特约策划：李　颖　沈可成　雷清清　张若琳
特约编辑：孙　鹤
特约营销：吴　思　刘　珣　焦亚楠
封面设计：利　锐
版式设计：李　洁
出　　版：湖南文艺出版社
　　　　　（长沙市雨花区东二环一段 508 号　邮编：410014）
网　　址：www.hnwy.net
印　　刷：三河市兴博印务有限公司
经　　销：新华书店
开　　本：775mm × 1120mm　1/32
字　　数：122 千字
印　　张：8
版　　次：2019 年 9 月第 1 版
印　　次：2019 年 9 月第 1 次印刷
书　　号：ISBN 978-7-5404-9253-3
定　　价：49.80 元

若有质量问题，请致电质量监督电话：010-59096394
团购电话：010-59320018